UR 3,30 €

Fritz Eckenga – Kucken, ob's tropft

W0384389

Fritz Eckenga, geboren 1955, ist Autor, Komiker, Musiker und wohnt in Dortmund. Brach mit 25 seine Fußballkarriere ab und ist in dem ziemlich berühmten Ensemble N8chtschicht aufgewachsen. Autor und Darsteller von Theater- und Bühnenprogrammen, Tonträger-, Hörfunk- und Fernsehproduktionen. Arbeitet regelmäßig für die »taz«-Wahrheit, für »Privatfernsehen« mit Küppersbusch, für den WDR 2 mit dem »Baumarktprofi«-Kommentar und für den SWF 3 mit der Bundesligakolumne »Mein Freund ist aus Leder«.

Edition
TIAMAT
Deutsche Erstveröffentlichung
Herausgeber:
Klaus Bittermann
1. Auflage: Berlin, 1997
© Verlag Klaus Bittermann
Grimmstr. 26 — 10967 Berlin
Druck: Schwarzdruck Berlin
Buchumschlag unter Verwendung einer Radierung von
Günter Rückert
ISBN: 3-89230-003-7

Fritz Eckenga

Kucken, ob's tropft

Trockene Geschichten und
dichte Gedichte

Mit Illustrationen von
Günter Rückert

Critica
Diabolis
66

Edition
TIAMAT

Für Brigitte

INHALT

Wut im Bauch
Eisbein im Angebot

»Fleisch – tu Dir was Gutes«, forderte das Fleischer-Fachgeschäft am unteren Rand der Tageszeitungs-Lokalseite und annoncierte das »Dicke(s) Eisbein frisch oder gepökelt« für erstaunliche »5 Mark 90 das Kilo«.

»Fünf Mark 90, Eisbein, frisch oder gepökelt«, wiederholte ich halblaut und mit schweineschwartigem Metzgertimbre in Richtung der Mitmirfrühstückenden. Die biß nämlich gerade mit sichtlichem Appetit in eine butterwarme Weißmehlbrötchenhälfte, auf der kleinfingerdick aufgetragener Imkerhonig cremig glänzte.

Wirkungslos verpuffte der fettige Angriff im diesigen Morgengrauen. Ungerührt verputzte die Nervenstarke den letzten Brötchenrest, rieb sich zwei entzückende Mützchen Schlaf aus den blauen Augen und köpfte mit einem Hieb ihres eiskalten Händchens das gewaltfrei gelegte Achtminutenei.

»Denen scheint's ganz schön dreckig zu gehen, wenn die ihren Schweinefraß derart verramschen«, kommentierte die über Einzelhandelsgewinnspannen offenbar bestens informierte Henkerin und schloß sachlich knapp: »Fünf Mark 90, absoluter Kampfpreis!«

»Stimmt«, mußte ich ihr schon fünf Gedenkminuten und zwei Tassen Kaffee später recht geben. Lummerkotelettland schien tatsächlich abgebrannt. Etwas weiter oberhalb der Nachrichten aus dem Fleischerfachhandel nutzte nämlich die Lokalredaktion fast alle Spalten, um das gute Eisbeinangebot ins richtig schlechte Verhältnis zu setzen.

»Arbeitslosenquote auf Rekordhoch«, »Handwerk am Boden«, »Bauhauptgewerbe am Tiefpunkt«, düsterte es da aus schwarzen Überschriften. Überhaupt schienen mal wieder alle Haupt-, Neben- und Seitengewerbetreibenden der Stadt in tiefstmöglicher Agonie dem Untergang entgegenzudämmern. Lediglich die aus sozialdemokratischen, also folkloristischen Gründen gehaltenen Restexemplare der regionprägenden Stahlindustrie ließen wie immer weder Köpfe noch Bäuche hängen: »Mit Wut im Bauch Blüm an Versprechen erinnert«, trotzte es doppelzeilig über dem direkt zwischen Rezessions- und Schlachter-News eingeklemmten Bericht über eine wütende IG-Metall-Demo gegen die »Vorruhestandslüge«.

Noch eindrucksvoller als der mit dem solidarischen Bauchpinsel gemalte und entsprechend gedankenfreie Text dokumentierte das zugehörige Foto die wütende Stimmung der vom Asozialplan bedrohten IG-Metall-Funktionäre.

Drei der ihren standen da, regenschirmbewehrt dem schlechten Wetter trotzend, kurz vor dem Aufbruch nach Bonn, wo sie dem Blüm mal so richtig zeigen wollten, wieviel Wut in den Bäuchen der Arbeiterbewegung Platz hat.

»Das ist keine Wut, das ist Eisbein«, raunzte es aus dem vollen Mund meiner Mitfrühstückerin, die gerade mit einem halben Pfund Zott-Sahnejoghurt das Mahl rundete. »Der Dicke da hat garantiert zweieinhalb Zentner«, schätzte sie das Kampfgewicht eines besonders bauchwütigen Metallers.

Gerade wollte ich den oberflächlichen Zynismus der jetzt wohl gesättigten, weil bereits rauchenden Spötterin politisch korrekt rügen, als mich weiter im Text das Zitat eines ebenfalls recht gutgenährten Mitstreiters des ganz Dicken für jenen Morgen verstummen ließ.

Prall und propper schleuderte der im Regen Stehende da dem Blüm und Konsorten die ganze Entschlossenheit des kampfgestählten Gewerkschafters in die Charaktermasken und drohte ihnen mit dem Alleräußersten: »Wir gehen auch bei noch schlechterem Wetter raus!«

»Bestimmt tun die das«, hörte ich die nun schon wieder an der Salami Zutzelnde noch sagen, »das tun die bestimmt. Vor allem, wenn die Metzger Eisbein im Angebot haben.«

Ich aber tat mir was Gutes und wandte mich ruhefindend der anzeigenfreien Sportseite zu.

Wieviel erträgt ein Fan? Zuviel!

Als Fan von Borussia Dortmund hatte man in den letzten Jahren wenig zu meckern. Seitdem der zurückhaltende Herr Hitzfeld die sportlichen Dinge ordnet, wird man nett beschenkt. Gelegentlich mit Europapokalspielen gegen Zuckertruppen wie Juventus Turin oder Ajax Amsterdam, recht regelmäßig mit deutschen Meisterschaften und häufig mit feiner Ballbehandlung der tief in roter Ruhrgebietserde verwurzelten Dortmunder Jungs Julio Cesar, Paulo Sousa und Stéphane Chapuisat.

So hatte man sich als BVB-Fan daran gewöhnt, daß insbesondere die Heimspieltage Feiertage waren. Man begab sich in frohlockend fachsimpelnder Gesellschaft ins Westfalenstadion, nahm die Stammplätze ein und war sich sicher, daß genügend Anlässe zu genüßlichem Zungenschnalzen und enthemmtem Torjubel bereitgehalten wurden.

Das ist spätestens seit der Titelverteidigung 1996 leider etwas anders. Zu häufig muß man seitdem kunstlosen, pomadigen Sicherheitsfußball ertragen, der gelegentlich sogar auf das unansehnliche Niveau der bayerischen Prominentenelf abrutscht. Zu oft muß man den jetzt auch noch »Europafußballer des Jahres« Matthias Sammer dabei beobachten, wie er lieber unbedrängt den schäbigen, aber sicheren Drei-Meter-Querpaß auf den Außenverteidiger spielt, anstatt das zu tun, was er mal besser als alle anderen konnte: den Ball nach vorne treiben, drei Leute »stehen« und zusammen mit Andreas Möller ungelenke Abwehrreihen uralt aussehen lassen. Und allzu oft muß man sich anschließend anhören, daß der Erfolg die Mittel rechtfertige, daß man keine Schönheitspreise, sondern Spiele gewinnen wolle und dergleichen Selbstverständlichkeiten mehr.

Aber egal. Als Fan, der mit dem Verein auch schon durch die trockenen Täler der zweiten Liga gekrochen ist, weiß man, wie man hinzunehmen hat. Nicht vergessend, daß man vor läppischen zwanzig Jahren noch so trostlose Veranstaltungen wie »BVB 09 gegen Spielvereinigung Erkenschwick« besichtigen mußte, übt man sich in Demut und läßt die Reinoldikirche im Dortmunder Dorf. Schließlich »kann es ja nicht ewig so weitergehen, die Spieler können es ja nicht verlernt haben, und bestimmt kommen auch wieder bessere Tage, es ist zwar schlimm, aber da müssen wir jetzt durch«. Nein, der echte Anhänger jammert beileibe nicht so gern, wie er jubelt, aber wenn es die Not gebietet, leidet er eben auch mal eine Zeitlang mit und an der eigenen Mannschaft.

Extreme Mißfallenskundgebungen überläßt man lieber nichtsachverständigen Schreihälsen oder jenen Trittbrettfahrern, die erst in den letzten goldenen Jahren auf den BVB-Zug aufgesprungen sind, in der Regel ohnehin Leute, die noch nie selbst vor den Ball getreten haben. Und auch das von dünnbrettbohrenden Medien oder mental ähnlich ausgestatteten Münchner Managern kolportierte »Dortmunder Gejammer« über lange Verletztenlisten geht dem wissenden Anhänger eher am Arsch vorbei.

Und so sind es auch gar nicht so sehr mittelmäßige Vorstellungen der BVB-Elf, die einem hin und wieder die Stadion-Feiertage vermiesen. Die Groll und Unmut auslösenden Anlässe sind vielmehr fußballfremder Natur und finden im Rahmenprogramm statt. Den Anfang des Schreckens ohne erkennbares Ende machte im Frühjahr 1996 Knödelfürst Karel Gott mit der Präsentation seiner zur Borussia-CD recycelten Schmalzaltlast »Biene Maja«. Wehrlos einer neuerlichen Kotzprobe aus dem »Fan-Shop-Katalog« ausgesetzt, steht oder sitzt der Anhänger im Tribünenpferch und wird nachdenklich. Will man ihn vertreiben? Paßt er nicht mehr in die Karel Gott und die SAT-1-ran-Unterwelt beklatschende Fan-Landschaft? Und will er überhaupt noch Fan eines Klubs sein, der Bayern München nicht mehr auf dem Rasen, sondern im Zubehörverkaufen besiegen will? Nein, das will er nicht! Absolut NICHT!

Wer aber meinte, mit der schmierigen Gott-Schnulze sei die Leidensfähigkeit des schwarzgelb sozialisierten Borussia-Liebhabers einer nicht mehr zu verschärfenden Prüfung unterzogen worden, wurde schon bald eines schlimmeren belehrt. Im Vorprogramm eines weiteren Heimspiels stürmte nämlich ein hundertsiebzigschädeliges Bundeswehrsoldatenrudel in Tarnkleidung das Spielfeld und wedelte anbiederisch mit Borussia-Schals. Der BVB, so hörte man seinen Präsidenten laudieren, habe die Patenschaft für das im benachbarten Unna kasernierte »Friedenskommando« übernommen, das direkt nach Spielschluß vom Westfalenstadion nach Kroatien verlegt werde. Nun hatte also der Verein seinen kriegsdienstverweigernden Fan auch noch zum unfreiwilligen Patenonkel jener dumpfen Schießgesellen gemacht, die man nicht beleidigt, wenn man sie nicht Mörder nennt. Ob der lasche Applaus, den die Tribüne spendete, wohl stärker wird, wenn der Verein demnächst (vielleicht kurz vor der nächsten Meisterfeier?) ein paar dem Balkanfrieden zum Opfer gefallene SFOR-Patenkinder in mit BVB-Flaggen verzierten Zinksärgen am Mittelkreis aufbahrt?

Nein, man will nicht Fan eines Vereins sein, der jeden unanständigen Anlaß wahrnimmt, um Geld oder fadenscheiniges Ansehen einzusacken. Das will man nicht! Absolut NICHT! Aber man ist es.

Denn seitdem man halbwegs laufen kann, rennt man seinem Verein hinterher. Früher mit von Muttern genähten Fahnen auf schmalen Schultern, heute mit teuren Dauerkarten im Portemonnaie. Hat als Elfjähriger vor Freude heulend den ersten Europapokalsieg vor dem Schwarzweiß-Bildschirm erlebt, später tieftrauernd den Absturz in die zweite Liga beweint und endlich, seit den späten 80ern, wieder Glückstränen vergossen. Hat seine Liebste ein ums andere mal zugunsten seiner Lieblingsmannschaft versetzt und ungezählte Stunden damit verbracht, Mannschaftsaufstellungen zu diskutieren, sich Sorgen um Muskelfaserrisse von Vorstoppern zu machen, Fahrten zu Auswärtsspielen zu organisieren und sich von unhöflichen Anhängern anderer Klubs mit schmutzigen Tiernamen beschimpfen zu lassen. Und so wird man als BVB-Fan qua Geburt von einem nicht aufzulösenden Widerspruch schier in Stücke gerissen. Das Maß des Zumutbaren ist eigentlich längst voll. Doch wieviel erträgt ein Fan? Viel! Zuviel!! Viel zu viel!!!

Aber erträgt er wirklich jede Scheußlichkeit? Und deswegen muß dem Irrsinn energisch entgegengetreten werden! Man will es nämlich nicht erleben, daß man sich den eigenen Verein tatsächlich irgendwann nach Dortmunder Sitte »in die Tonne kloppen« kann. Das dazu geeignete Gefäß wäre allerdings schon vorhanden und kann beim örtlichen Müllentsorger bestellt werden: Die »BVB-Meistertonne, schwarzgelb mit Emblem, 120 Liter Volumen, 199 DM zzgl. Anlieferung«.

Muttersprache Deutsch!

Jeden Tag nehmen wir dich in den Mund. Jeden Tag machen wir mit dir, was wir wollen – und du kannst dich nicht wehren.

Muttersprache Deutsch. Was kann man mit dir alles sagen. Zum Beispiel: »Auf den Oberflächenstrecken hält die Stadtbahn nur nach Betätigung des Haltewunschknopfes!« Oder: »Da müssen Sie erst mal samstags kommen!« Oder: »Ich liebe dich mehr als alles andere auf der Welt!« Aber auch: »Im Falle des Todes eines Gesellschafters wird die Gesellschaft von den überlebenden Gesellschaftern fortgeführt. Die Erben erhalten einen Abfindungsanspruch gem. §10, Ziff. 2«.

Muttersprache Deutsch, du Gral gurrender Grammatik, du Silo surrender Syntax. Du nie versiegendes Füllhorn uns verbindender Wörter. Es tut uns echt leid. Wir können dich nicht so richtig sprechen. Aber ohne dich hätten wir dir selbst das nicht sagen können.

Verdammtehrlichleer

»Weltenbummler« Hardy Krüger aus dem Mund geschrieben

Es ist einer dieser Abende, an denen die untergehende Göttin Sonne dieses gottverdammte, unvergleichliche Stück Gottesland in ihr glühendes Rotgelb taucht.

Auf irgendeinem dieser weißgott auf der ganzen Erde verteilten Kontinente sitzt ein einsamer Kerl auf diesem verdammt harten Stein. Um sich dieses unermeßliche All, neben sich dieses rauchlose Lagerfeuer, hinter sich diese blauen Berge, in sich dieses ehrliche, leere Gefühl, an sich »adidas-sahara-yellow« und vor sich diesen kleinen Bauch.

Hardy Krüger, Blondbartdarsteller mit verfurchtem Ledergesicht blinzelt versunken in Richtung Ewigkeit. Ja Mann, hier draußen bist du ausschließlich du. Wenn du Glück hast, kommt dich ein verirrter Skunk besuchen, oder besser noch ein guter Freund.

Einer, mit dem du vor gottverfluchten achtundzwanzig Jahren eine verdammt gute Zeit hattest und der jetzt noch einmal mit dir den schmutzigen Pfad runter ins Dorf geht. Er wird dir seine Geschichte erzählen. Eine Geschichte, die du nur allzugut verstehst, weil du so verflucht gut Englisch kannst.

Bei Sonnenaufgang wird er dir die Stelle unten am großen Fluß zeigen, wo du den Lachs noch mit bloßen Händen rausziehen kannst. Zusammen werdet ihr hinten an der Nordweide den Zaun ausbessern, den das Vieh runtergetrampelt hat. Danach werdet ihr einen verdammt Hochprozentigen kippen und spät am Abend wird dein Freund noch einmal den Totentanz für dich machen. Drüben auf dem Platz an der alten Eiche, die sein Urgroßvater pflanzte, nachdem der Grizzly seine gute Frau gerissen hatte.

Ja, Weltenbummler Hardy Krüger, du bist weit rumgekommen auf diesem blauen Planeten. Du hast verflucht nochmal in den gottverlassensten Ecken deine Filterlosen ausgetreten und du hast einen großen Haufen Leben gelebt.

Doch du bist geblieben, was du immer warst. Ein sentimentaler Hund. Ein empfindsamer alter Knochen. Selbst, wenn du draußen in irgendeiner staubigen Absteige auf deinen Laptop einhackst, kommt dieses echte Gefühl rüber. Verdammt! Deine Geschichten haben diese große, ehrliche Leere.

Komm Hardy, nimm mich mit auf deine Reise. Ich, der ich in meiner Eintönigkeit vor mich hindümpele, brauche diesen Stoff, aus dem die Fototapeten sind. Hol' mich raus aus diesem verdammten Alltag, denn der ist der größte Feind des Helden.

Wer, Hardy Krüger, weiß das besser als du!

Ich weiß nicht

Die Fliege sitzt im Mist
Der Teufel im Detail
Das Häschen in der Grube
Im selben Boot wir zwei

Die Maus sitzt in der Falle
Hänschen sitzt im Glück
Die Katze auf der Lauer
Und Du mir im Genick

Ich weiß nicht wie ich's Dir sage
Wie ich für Dich empfinde
Ich suche nach den Worten
Die ich doch niemals finde
Ich weiß nicht wie ich's Dir sage
Wie ich mich um Dich zerreiße
Im Geist ist alles richtig
Doch wörtlich wird es fade

Ein guter Satz reicht völlig
Und Wörter gibt's in Mengen
Noch einmal will ich's wagen
Dieses Mal mit »hängen«

Tom Dooley hängt am Galgen
Der Trinker hängt am Bier
Am Arsch da hängt der Hammer
Und ich Arsch häng' an Dir

Fünf Briefe an Sybille

I.

14.12.1996

Liebe Sybille,

Du glaubst gar nicht, wie lange ich jetzt vor dem leeren Papier gesessen und überlegt habe, wie ich diesen Brief beginnen soll. Komisch eigentlich nach all der Zeit, die wir zusammen ...

Andererseits auch wieder gar nicht so komisch, denn immerhin haben wir nun schon über zwei Jahre nichts voneinander gehört, und da kann ich Dich ja nicht einfach so wie früher mit »Bille« oder »Specki« anreden. Wer weiß, vielleicht hättest Du den Brief dann gleich in tausend Stücke gerissen, und das sollte ja nicht der Sinn der Übung gewesen sein.

Ich wollte nämlich einfach wieder den Kontakt herstellen. Schau, in der Zwischenzeit ist soviel Gras über die alten Dinge gewachsen. Und da sollten doch zwei erwachsene Menschen wie wir mittlerweile wieder in der Lage sein, wenigstens miteinander zu reden. Was meinst Du? Ruf' mich doch einfach an. Meine Telefonnummer ist unsere alte geblieben. Sollte ich nicht da sein, sprich bitte eine Nachricht auf den Anrufbeantworter. Ich melde mich dann.

In freudiger Erwartung, Dein

Helmut

II.

17.12.1996

Hallo Sybille,

O.k., ich bin nicht mehr »Dein« Helmut. Hast ja recht. Trotzdem hättest Du bei Deinem Anruf ruhig ein bißchen freundlicher sein können. Leider war ich ja nicht zuhause, sonst hätte ich Dich sicher schon am Telefon etwas beruhigt. Weißt Du, ich bin tatsächlich ausgeglichener als damals.

Aber Deinen Vorwurf, ich sei »immer noch der selbe abgezockte Schleimscheißer wie früher«, den kann ich so unwidersprochen einfach nicht stehen lassen. Du weißt doch so gut wie ich, daß ich Dir bei Deinem »Auszug« die 4000 Mark wirklich nicht geben konnte. Erstens hatte ich mir gerade den PC zugelegt, und zweitens – vergiß das bitte nicht! – mußte ich für die fünf noch ausstehenden Hormonbehandlungen Deines Katers Günther Strack ganz alleine aufkommen.

Du wolltest Stracki ja partout nicht mitnehmen, weil dieser Dieter angeblich unter einer Katzenallergie litt. Auf den hast Du fein Rücksicht genommen, aber wenn ich früher nur im Ansatz aufgemuckt habe, weil Strack mir in die adidas Samba geschifft hatte, dann hieß es immer: »Wage es bloß nicht, dich an dem unschuldigen Tier zu vergreifen! Ich kann ohne Stracki nicht leben! Eher verlasse ich dich!«

Das hast Du dann ja auch gemacht, aber eben ohne den fetten Bolz. Es geht ihm übrigens gut. Er liegt gerade neben mir und hat seine sechseinhalb Kilo anmutig auf dem Schreibtisch verteilt (die Flecken auf dem Papier sind Katzensabber). Du weißt, daß ich nie sein bester Freund war. Und gerade deshalb solltest Du meine – auch finanziellen! – Bemühungen um ihn doch bitte in Deine Abrechnungen einbeziehen.

Aber lassen wir das. Erstens will ich unser altes Konversationsniveau nicht wiederbeleben, und zweitens sollte das Thema Geld zwischen uns doch keine Rolle mehr spielen. Du hast es eh nicht nötig mit diesem – was war er gleich? – Autoverkäufer und ich bin inzwischen auch aus dem gröbsten raus. Das Studium habe ich an den Nagel gehängt und mache jetzt die Werbetexterei professionell. »HTC« heißt meine Firma. Eigentlich »Helmuts-Text-Concept«, aber wenn Du es englisch »Äitsch-TieSsie« sprichst, kriegt es doch gleich einen anderen Kick, oder? Beiliegend übrigens meine Visitenkarte.

Können wir uns nicht einfach mal ganz relaxed treffen? Anrufen soll ich Dich ja nicht. Warum eigentlich? Reißt Dir Dein Gebrauchtwagenhändler dann den Arsch auf, um es mal in Deinem Jargon auszudrücken? Also melde Du Dich bitte bei mir. Aber schrei' nicht wieder das ganze Band voll. Ich brauche den Automaten auch beruflich.

Nichts für ungut,

Helmut

III.

20.12.1996

Sybille!

Ich habe es weißgott nicht nötig, mich von Dir einen »saftlosen Reklamearsch« nennen zu lassen, der »seine Ex-Ischen anbaggert«, weil er »vom Wichsen die Schnauze voll« hat! Ich lebe zwar zur Zeit in keiner festen Beziehung, aber was dieses Thema betrifft, bin ich bestens versorgt! BESTENS! Weit besser übrigens als zu unserer Zeit, das kannst Du mir glauben! Und was den »Reklamearsch« angeht. Wenn Du Dir von Deinem schwulen Frisör mal wieder eine dieser spießigen Dauerwellen einbrennen läßt, dann studiere doch bitte mal die Anzeigenseiten der Frauenillustrierten. Die »Tampax-light-Serie« ist von mir! Soviel dazu!

Und jetzt zum Thema Geld: Weißt Du eigentlich, wieviel die mittlere Dose »saftige Happen mit Rind« mittlerweile kostet? Einsneunundsiebzig! Davon zieht sich Deine fette Bestie Strack am Tag locker zwei Stück in den Wanst. Macht auf zwei Jahre gerechnet ziemlich genau 2.613,40 DM! So!

Und dann brauchst Du nur noch Knabberbrekkis, Streu und Teppichshampoo für regelmäßiges Katzenkotzewegmachen dazurechnen! So kommst Du nämlich mit links auf Deine blöden vier Mille! Mit links! Weißt Du was?! Höchstwahrscheinlich kriegte ich noch einen namhaften Betrag 'raus, wenn es nach Recht und Gesetz ginge! Ganz davon abgesehen. Wer hat denn bitteschön die Erneuerung der von Deinem schlanken Elefantenfuß eingetretenen Mattglasduschtrennwand und die Reparatur des mit dem Brotmesser niedergemetzelten Video-Recorders geblecht? Wer denn?! Also vergiß das mit der Knete! VERGISS ES!!!

Du hast offensichtlich kein Interesse daran, eine normale, freundschaftliche Beziehung herzustellen. Wie anders soll ich sonst die Drohung mit den beschissenen »Anwälten der Firma meines Mannes« verstehen? Übrigens: Glückwunsch zur Vermählung! Hatte ich gar nicht mitbekommen.

Kannst Deinem Schrotthändler ausrichten, daß ich ihm seine Perle von ganzem Herzen gönne! Hah!

Du willst mir drohen? Du? Paß' bloß auf, daß ich Deinem Lackaffen nicht stecke, wer als Vater seines Sohnes sonst noch so in Frage kommt. Ich bin im Besitz einer Kopie Deines kompletten Adreßbuches.

Ja, da staunst Du, was? Habe ich mir damals nach Deiner leidenschaftlichen Affäre mit diesem ekligen Soziologiedozenten Erich angelegt. Triffst Du Dich eigentlich immer noch mit dem? Widerlicher Freier! Aber Du hast ja erst ein einziges Mal nicht an Geschmacksverirrung gelitten: Als Du mich kennengelernt hast!

Weißt Du, was ich glaube? Ich glaube, Du bist scheißfrustriert. Wahrscheinlich bist Du noch fetter geworden. Sagt Dein Haushaltsvorstand jetzt eigentlich auch schon »Specki« zu Dir? Jede Wette, daß Du mittlerweile säufst.

Betrachte meinen Kontaktversuch als beendet. Unterstehe Dich, noch ein einziges Mal auf meinen Anrufbeantworter zu rotzen! Wage es nicht, weitere Geldforderungen zu stellen! Ich hatte es nur gut gemeint. Ich war der irrigen Ansicht, daß Deine Entwicklung parallel zur meinen eine sanftere Kurve genommen hat. Das war ja wohl nix!

Du weißt, daß ich damals immer vor hatte, einen Roman zu schreiben. Es sollte unsere Liebesgeschichte sein. Ich werde einmal einen Roman schreiben. Einen ganz dicken. Wenigstens 700 Seiten. Mit Dir als tragischer Heldin. Er wird gräßlich enden. Daneben werden die Geschichten Deines Lieblingsschmieranten Stephen King wirken wie Gebrauchsanweisungen für koreanische Radiowekker!

Laß mich in RUHE!

Ende und Aus! *H.*

IV.

23.12.1996

Hör zu, Du Ratte!

Gerade habe ich die Zahlungsaufforderung Deiner Rechtsanwälte erhalten. Dein Sackgesicht von Ehemann muß es ja ganz dicke haben. Die teuersten Rechtsverdreher der Stadt. Sage ihnen, sie sollen aufhören. Wenn Du eine kleine Entscheidungshilfe brauchst, dann schaue doch bitte mal in das beiliegende Tupper-Töpfchen. Es ist ein Weihnachtsgeschenk. Na? Was sagst Du? Sieht niedlich aus, oder? Hat natürlich unter dem Transport etwas gelitten. Ein Katzenohr verschickt man ja normalerweise auch nicht mit der Post. Stracki macht sich mit dem Kopfverband übrigens ganz gut. Das Resttier erhältst Du in ähnlicher Portionierung, wenn Du Deine juristische Abteilung nicht sofort zurückpfeifst.

Frohes Fest,

Helmut

V.

29.12.1996

Liebe Bille,

habe mich sehr über Deinen lieben Anruf zu Weihnachten gefreut. Siehst Du, es geht doch auch anders. Ich war leider über die Feiertage bei Mutti. Sonst hätte ich Dir schon eher geschrieben.

Wegen Stracki brauchst Du Dir keine Sorgen zu machen. Er ist putzmunter. Das »Ohr« war natürlich kein Ohr. Ich hatte lediglich eine fingerdicke Scheibe von der toscanischen Salami (die Du immer so gerne gegessen hast) fünf Stunden in lauwarmer Cola ziehen lassen. Sah doch richtig echt aus, oder?

Ich weiß doch, daß Du einen derben Spaß verstehst. Vielleicht können wir jetzt, wo diese blöde Geschichte mit dem Geld zwischen uns erledigt ist, endlich mal in Ruhe miteinander reden. Was meinst Du?

Ruf' mich doch einfach an. Sollte ich nicht da sein, sprich bitte eine Nachricht auf den Anrufbeantworter. Ich melde mich dann.

In alter Freundschaft, immer Dein

Helmut

Gebißrenovierung
Der Baumarktprofi

Guten Tag. Mein Name ist Peter-Hans Kaltenbecher. Als Leiter einer führenden Filiale einer namhaften Baumarktkette im westlichen Westfalen, also östliches Ruhrgebiet, was aufs selbe rauskommt, möchte ich sozusagen einmal aus professioneller Perspektive eine Stellung beziehen zum Problem der Zuzahlungsbelastung des Krankenkassenpatienten bei der Erforderlichkeit von Zahnersatz.

Was soll ich dazu sagen?! Ich muß es ja wissen, hab' ich ja selber das Problem hinter mir, da ich aufgrund des Zustandes meines Gebisses vor nicht allzu langer Zeit gezwungen war, geeignete Gegenmaßnahmen zu ergreifen.

Die Zerrüttung meiner Zähne hatte nämlich ein Ausmaß erreicht, daß der Zahnarzt keinen anderen Ausweg mehr erkannte, als einen kompletten Abriß der Ruinen mit anschließender Installation einer Vollprothese. Ich sag' zum Doktor: »Ja gut, was raus muß, muß raus. Aber was kost' das, und was tut die Kasse dabei, ich hab' ja keinen Bonus, weil ich ja nie zu Ihnen mußte bis heute eben.« Und als er mir dann eine private Zuzahlung in Höhe von mehr als die Hälfte meines Jahresgehaltes in Aussicht stellte, hab' ich sofort die Konsequenzen gezogen. Ich hab' gesagt: »Herr Doktor, soviel Handwerker bin ich als Baumarktprofi aber selber, daß ich mir bei diesen Kursen eine preiswerte Lösung zum Selbermachen überlege – vielen Dank!«

Und was soll ich Ihnen sagen: Die vollständige Selbst-Erneuerung meines Gebisses hat mich nur das bißchen Material gekostet, keine 100 Mark. Und für Sie ist der Vorteil, daß ich Ihnen heute auf der Grundlage meines Prothesenprototypes entscheidende Hilfe leisten kann, wenn Sie sich die teuren Frechheiten Ihrer Krankenkasse auch nicht bieten lassen wollen.

Was Sie brauchen, ist zunächst ein Kieferabdruck. Den machen Sie sich mit schnellbindendem Modelliergips, einfach den ganzen Mund ausspachteln, einmal zubeißen, bißchen antrocknen lassen und wacker wieder rausholen. Für das Originalgebiß nehmen Sie dann natürlich langlebiges Material, eine robuste Mörtel- oder Fertigbetonmischung, die Sie in das vorher verschalte Gipsmodell gießen. Man kann es auch wegen der guten Feuchtigkeitsverträglichkeit mit schwimmendem Estrich versuchen. Dann den Rohling schön aushärten lassen und anschließend den Feinschliff vornehmen. Da sind Ihrer Phantasie keine Grenzen gesetzt. Sie brauchen ja zum Beispiel nicht unbedingt 32 kleine Zähne. Warum nicht nur die Hälfte, die dafür aber individueller gestaltet? Wofür denn acht Schneidezähne ohne wirkliche Schneidefläche? Zwei schöne große mit einer messermäßig gefrästen Schnittkante leisten bessere Dienste. Oder Backenzähne, die dauernd voller Speisereste hängen? Warum denn nicht hohlraumversiegelt oder besser noch komplett ausgeschäumt?

Und wenn es so ist, wie Sie sich Ihr Gebiß vorstellen, mit Seidenglanzlack lackieren und dann einfach mit oben und unten je vier bis fünf 6er-Dübeln befestigen. Hält ein Leben lang. Kleiner Tip: Den dekorativen Abschluß zum Zahnfleisch machen Sie sich ganz schick wie zwischen Badewanne und Wandfliesen mit einer dauerelastischen Fuge aus Silikon. Sieht ganz prima aus. Zahnarzt und Krankenkasse können Ihnen jedenfalls für den Rest Ihres Daseins gestohlen bleiben. Das einzige, wo Sie vielleicht lernen müssen mit zu leben, ist ein klitzekleiner Sprachfehler. Aber auch dazu kann ich Ihnen wertvolle Tips geben. Immer für Sie da! Ihr Baumarktprofi

Peter-Hans Kaltenbecher

Innerer Staumonolog

... mein Gott, das ist doch hier dreispurig. Wenn's jetzt nur zweispurig wäre, könnt' ich's ja verstehen. Aber DREISPURIG?! Und keine Baustelle, kein Unfall und nix. Und jetzt schon 'ne Dreiviertelstunde kein Zentimeter weiter. Wieso haben die den Stau eigentlich nicht im Radio angesagt?! Die melden doch sonst jeden Mist. »Spielende Kinder auf der A 42, entlaufene Kühe auf der A 45«. Oder war's andersum? Entlaufene Kinder? Spielende Kühe? Aber »stundenlang rumstehen auf der A 40 zwischen Dortmund und Essen wegen nix und wiedernix« – das melden sie nicht.

Wenn ich jetzt 'n Handy hätte, dann würd' ich da anrufen. Denen würd' ich was erzählen, den Schafsnasen – aber ich hab' ja kein Handy. Der Spinner da vorne in seinem dicken Benz – der hat eins. Seit 'ner halben Stunde ist der am quatschen. Möchte mal wissen, mit wem. Mit 'm Radio bestimmt nicht, sonst hätten die's ja endlich mal durchgesagt. Wahrscheinlich erklärt der seit 30 Minuten seiner Sekretärin, daß er später kommt, weil er im Stau steht. Aber vielleicht tut er ja auch bloß so. Vielleicht redet der ja mit überhaupt keinem. Macht nur auf wichtig. »Hallo hallo, alle mal herkucken, ich telefoniere aus dem stehenden Auto heraus. Ihr seid alle zur Untätigkeit verdammt, aber schaut her: Meine Welt dreht sich weiter.« Der arme Willi – mit sowas kann man doch nur Mitleid haben.

Wenn das hier noch lange dauert, krieg' ich Probleme. Ich muß um 12 spätestens ... das hab' ich der Elke versprochen – mein Gott, das mit dem Stau glaubt die mir nie, um diese Zeit ist selbst hier nie 'n Stau, und Beweise gibt's keine, die sagen's ja noch nicht mal im Radio durch, die Affen.

Neben mir der Ochse bohrt schon seit 20 Minuten in der Nase. Muß verdammt viel drin sein. Oder wenig, und er findet's nicht.

Wenn wenigstens mal Polizei käm', dann wüßte man, daß da vorne irgendwo 'n Unfall ist. Aber es kommt keine Polizei. Es kommt gar nix, 'ne ganze Stunde geht das mittlerweile, und ich krieg' gleich 'n Problem mit Elke.

Vielleicht sollte ich den Typen mit dem Handy mal fragen, ob der mich mal telefonieren läßt. Nee, nix! Den frag' ich nicht, den Lackaffen. Lieber krieg' ich das Problem mit Elke.

Die blöden Kühe da drüben auf der Weide haben's gut. Stehen da einfach blöd rum und fressen Gras und kucken sich den Stau an. Irgendwann kommen sie in den Stall und werden schön gemolken, und der Tag ist rum. Manchmal hab' ich das Gefühl, die machen sich lustig über die Leute im Stau. Kucken sich das sitzende Elend im Blech an, drehen sich nach 'ner Weile weg und erzählen sich Witze, Stauwitze, und dann lachen sie sich kaputt. Und klopfen sich auf die Schenkel. Ob sich Kühe auf die Schenkel klopfen können? Womit denn? Mit dem Schwanz vielleicht. Mit dem Schwanz auf die hinteren Schenkel. Was immer so aussieht, als würden sie die Fliegen verjagen. Das ist in Wirklichkeit Schenkelklopfen über Stauwitze. Vielleicht ist es ja sogar manchmal so, daß, wenn sich die Kühe besonders gute Stauwitze erzählt haben, daß sie dann richtig ausrasten. Und dann laufen sie übermütig auf die Autobahn, und dann melden die Idioten im Radio, daß sich entlaufene Kühe auf der Fahrbahn befinden. Sowas melden die. Aber den Stau hier, wo ich drin sitze, den melden sie nicht.

Schon über 'ne Stunde. Und nix passiert. Gaaar nix. Mit Elke gibt das 'n echtes Problem. Na endlich hat der in seiner Nase was gefunden. Herzlichen Glückwunsch! Mann, ich krieg' hier gleich zuviel. Wenn der Angeber in seinem dicken Benz nicht bald aufhört zu telefonieren, dann geh' ich rüber. Dann hol' ich den raus aus seiner Schaumacherkarre und mach' 'ne fertig. Dann haben die Kühe wieder was zu lachen...

Pfingsten

Pfingsten steht im Lexikon
Band 17, Pers bis Pup
Da schaut man nach, wenn man vergaß
Was man einst lernt' als Bub

Man nähert sich dem Pfingstartikel
Auf Seite pfünfundpfierzig
Über Pfennig, Pferch und Pferd
Danach kommt schnell der Pfirsich

Dem Pferd wird sehr viel Raum geschenkt
Speziell den Pferdeleiden
Weil pfielpfach es der Seuchen gibt
Im Stall sowie auf Weiden

Pfingsten pfolgt auf Pfifferling
Dem gelben Schwamm mit Hut
Man brät ihn gern mit Zwiebeln an
Doch zuviel tut nicht gut

Pfinztal ist ein Kaff in Baden
Mit pfünpfzehntausend Seelen
Es hängt an Pfingsten hintendran
Und ist nicht zu empfehlen

Pfingsten selbst ist dieses Pfest
Zugunsten eines Geistes
Umpfänglich steht's im Lexikon
Lies selber, und dann weißt' es

Der sympathische Herr Kohl und die Krise des deutschen Kabaretts am besonderen Beispiel von Alfred Biolek und meiner Omma

Nachdem sich runde zehn Jahre lang alle sogenannten Kabarettisten am amtierenden Bundeskanzler wundgelabert haben, ist es in dieser Hinsicht seit einiger Zeit wohltuend still geworden auf den Schlaumeierbühnen Deutschlands. Allenfalls einige Imitatoren, die nichts anderes gelernt haben, als die Kanzlerstimme mehr schlecht als echt nachzuäffen, können mangels anderer Erwerbsquellen den Rand immer noch nicht halten und quallen ihre Zuhörer für 20 Mark am Abend weiterhin mit Kohlwitzen voll. Weil es aber den Legionen von Möchtegern-Satirikern nicht gelungen ist, den Kanzler wegzuparodieren, wurde vor einiger Zeit in den Feuilletons die »Krise des deutschen Kabaretts« ausgerufen. Was natürlich in doppelter Hinsicht ein ausgemachter Quatsch ist. Erstens haben sich Politiker noch nie von irgendwelchen Künstlern, und schon gar nicht von solchen, die vor ihre Kunst freiwillig das niedliche »Klein« setzen, so bedroht gefühlt, daß sie das Weite gesucht hätten. Und zweitens behauptet jeder, der jetzt von einer Kabarettkrise faselt, mit eben dieser Einschätzung, es habe vor ihr keine gegeben. Als wenn das Massenaufkommen denkfauler Labertaschen, die speziell in den 80er Jahren durch ihr Kohl-Kabarett den Antrag auf Sozialhilfe umgingen, als Beweis dafür gelten könne, da sei einmal irgendetwas von Substanz gewesen. Hat man aber mit Ausnahme von ernstzunehmenden Menschen wie Polt, Hildebrandt, Rogler, Deutschmann und einer Handvoll anderer jemals etwas anderes gehört als das, um mal mit dem Arbeitgeber zu sprechen, »unerträgliche« Durchnudeln lahmer »Kohl-ist-dick-dumm-und-gefräßig-Nummern«? Ich kann mich ehrlich nicht erinnern und denke mit Schaudern an diese Zeit, in der aufgeblasene Wichtigtuer wie Thomas Freitag eitel und selbstgefällig vor ihrem willfährigen Publikum herumpupsten, bis es restlos glücklich und naßgelacht bis in die Hose nach Hause tropfte.

Das alles ist jetzt schon eine lange Weile her und wäre jetzt auch nicht weiter der Rede wert, hätte es nicht im September 96 eine einstündige Fernsehsendung gegeben, in deren Mittelpunkt Helmut Kohl saß und in dessen Gesäß Alfred Biolek steckte. Nicht, daß ich Biolek einen Kabarettisten schimpfen möchte. So schlimm muß man es nicht treiben. Der Mann ist hinreichend damit gekennzeichnet, wenn man ihn einen opportunistischen Kochlöffel nennt. Wer jemals gesehen hat, wie Biolek in seiner Alfredissimo-Sendung schwitzend um den Komiker Dirk Bach umherschwirrte und ein von diesem hingerichtetes, schweinetrogähnliches Gericht namens »Chili con Carne« »ganz großartig« fand, kann ihn wirklich nicht mehr ernst nehmen und muß sich deswegen auch nicht darüber wundern, daß er das Kohl-Interview in einer 60-minütigen rektalen Demutsstellung absolvierte.

Aufschlußreicher jedoch als diese Unterwerfungsnummer waren die Reaktionen auf sie. Man wunderte sich, wie viele Menschen den Boulevard Kohl gesehen hatten und wie viele anschließend darüber fabulierten, wie gut der Mann sich darin präsentiert habe. Witzig sei er gewesen und schlagfertig. Eine früher nie für möglich gehaltene, gelassene Weit- und Weltsichtigkeit habe aus ihm gesprochen. Sogar Fehler habe er zugegeben. Und zwar »freiwillig«. Ja klar freiwillig. Wie denn sonst? Wer hätte ihn denn dazu zwingen können? Etwa Herr Biolek? Unmöglich! Selbst wenn der in einem Anflug von Selbstvergessenheit einen Versuch unternommen hätte. In seiner ungünstigen Position wäre das niemandem aufgefallen. Schon gar nicht Herrn Kohl. Der hätte es allenfalls für einen verklemmten Wind gehalten.

Man mußte sich wirklich wundern, wie diese Sendung quasi symbolhaft einen offenbar quer durch alle Schichten vollzogenen Stimmungsumschwung verdeutlichte. Überall und nirgends plapperte Kohl gut findendes Volk und äußerte Sympathie für diesen Menschen, der einem »jetzt einfach mal als Mensch gesehen irgendwie sympathisch geworden« sei. Das habe man »ja früher nie für möglich gehalten« und sei jetzt fast sogar »ein Stückweit erschrocken über sich selbst«.

Womit ich wieder bei den Kabarettisten angekommen wäre. Hatte es mich doch ein paar Tage nach der besagten Sendung in ein süddeutsches Kabarettlokal verschlagen, wo sich beim spätabendlichen Weißbier einige nette Kollegen sowie ein bundesweit bekannter Kleinkünstler einfanden. Und als wäre in dieser von Blödheit doch ohnehin schon gut gesättigten Welt nicht alles schon brunzend dumm genug, fing der bundesweit Bekannte – natürlich ungefragt – auch dieses »ich-habe-den-Kohl-ja-jahrelang-falsch-eingeschätzt-Geschwafel« an. Er habe die Biolek-Sendung gesehen und müsse jetzt nochmal, wiederum ungefragt, aber eben jetzt nochmal sagen, daß ihm dieser Mann mittlerweile richtiggehend sympathisch sei. Er könne sich sogar gut vorstellen, daß er mit dem mal ein Bier oder einen Wein trinken gehen würde. Gedacht habe ich in dem Augenblick, daß Kohl darauf bestimmt keinen Wert legen wird, da er sicher schon genug Schranzen um sich versammelt hat, mit denen er saufen gehen kann, wenn ihm danach ist. Gesagt habe ich dann, daß meine Omma ja damals den Erich Mende nie gewählt habe, weil der »so'n schmieriger Lackaffe« gewesen sei. Und dann habe ich den bundesweit Bekannten gefragt, ob er ähnliche Kriterien in der Beurteilung von Politikern habe, nur auf Kohl bezogen eben umgekehrt wie meine Omma bei dem Mende.

Der Bundesweite wurde daraufhin recht unwirsch und salbaderte etwas von »typisch deutsch, diese Trennung von Gefühl und Verstand, das ist die Haltung, die auch Auschwitz möglich gemacht« habe undsoweiter. Da war sie wieder, die ewige

Krise des deutschen Kabaretts. Und ich frage mich angesichts dieser Begegnung, ob meine Omma nicht statt bei der Post als Telefonvermittlerin auch als bundesweit bekannte Kleinkünstlerin es zu etwas hätte bringen können. Nicht, daß sie die Krise des Kabaretts verhindert hätte. Aber sie wäre garantiert weitaus komischer verlaufen.

Vertreter an der Bar
»Königsberger Klopse«

Strohmeyer, Handelsvertreter für Industriemaschinen, und Hambacher, Handelsvertreter für Fertiggerichte.

Die beiden an der Bar, angetrunken, hinter der Bar der Keeper.

Hambacher: Na Strohmeyer, wie lief's denn heute so?

Strohmeyer: Vergisses Hambacher, vergisses. Wenn das noch'n halbes Jahr so weitergeht, dann ist der Arsch ab ... sowas von ab ...

Hambacher: Na hörmal – konjunktu ... konjunktu... tuell läuft's doch eigentlich gar nicht so schlecht...

Strohmeyer: Hör' du doch bloß auf ... du lebst doch in einer weltfremden Oase ... deine verschissenen Brühwürfel gehen doch immer...

Hambacher: Fertiggerichte!

Strohmeyer: Sind Brühwürfel etwa nicht fertig? Muß man die neuerdings erst zusammenbauen?

Hambacher: Hihihi ... so gesehen hast du recht.

Strohmeyer: Ja sicher hab' ich recht! Ich hab' immer recht! Aber wer fragt denn danach? Ob ich recht hab' oder in Korea wird 'n Schäferhund gegrillt...

Hambacher: ... da war ich übrigens vor zwei Wochen.

Strohmeyer: Wo?

Hambacher: Korea. Saul. Muß ich einmal im Jahr hin. Mitarbeiterschulung in der Firmenzentrale.

Strohmeyer: Und? Was haben sie dir da beigebracht? Wie man aus Schäferhunden handliche Fertiggerichte macht?

Aufregung.

Hambacher: Du bist doch besoffen!

Strohmeyer: Und du bist 'n Verräter!

Hambacher: Vertreter bin ich! Genau wie du!

Strohmeyer: Ich vertrete deutsche Interessen! Ich verkaufe deutsche Maschinen! Qualität, die in der Welt ihresgleichen versucht! Und du? Du verscheuerst deinen eigenen Landsleuten heimtükkisch in Korea zusammengepanschte Brühwürfel!

Hambacher: Wir haben nicht nur Brühwürfel! Wir haben auch Fischkonserven! Und Königsberger Klopse!

Strohmeyer: Aus Schäferhundfleisch!

Hambacher: Idiot!

Strohmeyer: Chinesengünstling!

Hambacher: Nehm' we noch einen?!

Strohmeyer: Ja sicher!!!

Hastiges Trinken, Beruhigung.

Hambacher: Wenn du so weitermachst, hast du bald 'n Herzinfarkt.

Strohmeyer: Ja und? Dann isses wenigstens vorbei. Dann werd' ich's wenigstens nicht mehr erleben müssen.

Hambacher: Was erleben?

Sofort wieder Aufregung.

Strohmeyer: Daß deine Schlitzenmafia den Wirtschaftsstandort Deutschland in Schutt und Asche legt wie damals die Japsenkamikazes Herb Alpert.

Hambacher: Pearl Harbour! Herb Alpert war 'n Trompeter!

Strohmeyer: Ja und? Ist der vielleicht nicht tot?!

Hambacher: Keine Ahnung!

Strohmeyer: Jetzt gibst' es wenigstens zu!

Hambacher: Was?!

Strohmeyer: Daß du keine Ahnung hast!

Hambacher: Nehm' we noch einen?

Strohmeyer: Ja sicher!!!

Trinken. Beruhigung.

Hambacher: Hörmal Strohmeyer. Du darfst das alles nicht so eng sehen. Heute hast du keinen Umsatz gemacht, aber warte mal ab. Kommen auch wieder bessere Tage.

Strohmeyer: Meinst du?

Hambacher: Ja sicher. Kuckmal. Meine Firma drängt auf den deutschen Markt wie die Fliegen auf die Jauchekuhle.

Strohmeyer: Ja und?

Hambacher: Ja meinst du denn, die brauchen keine Maschinen? Qualitätsware? Hörmal, ihr stellt doch auch Fleischwölfe her.

Strohmeyer: Und was für welche. Solche Kameraden!

Hambacher: Ja siehst du. Ich sage nur – Königsberger Klopse...

Strohmeyer: (*strahlt*) Mensch Hambacher, ich

muß morgen früh mal direkt unsere Entwicklungsabteilung anrufen.

Hambacher: Hä?

Strohmeyer: Ja – die müssen die Öffnungen vergrößern. Damit da auch Schäferhunde durchpassen.

Beide grienen bis zu den Ohren.

Barkeeper: Nehm' we noch einen?

Beide: JA SICHER!

Nachrichten

Politische Nachricht:

Noch während Bundeskanzler Kohl und Außenminister Kinkel von Moskau nach Bonn flogen, ging Heinz Knachopek, Spitzendreher aus Dortmund-Lindenhorst, wie immer zu Fuß in seine Stammgastwirtschaft »Zur alten Post«, um dort Gespräche über die Ostausweitung der Nato zu führen. Knachopek bezeichnete die Atmosphäre als »wie immer freundschaftlich«. Einzelheiten wollte er nicht bekanntgeben, räumte jedoch ein, daß sein »alter Freund« Horst Blonkenmeier erneut »viel dummes Zeug gequatscht« habe. Was genau, ginge aber außer ihn, Knachopek, und Blonkenmeier »keine blöde Sau« etwas an.

Außenminister Kinkel flog gleich anschließend zu einer Konferenz nach Washington weiter.

Sportnachricht:

Willi Zinken (26), Vertragsamateur der Sportfreunde Hacheney (Kreisliga A), kann am Donnerstag wieder mit dem Lauftraining beginnen. Zinken hatte sich vor vier Wochen eine Patellasehnenreizung zugezogen, als er versuchte, sich mit einer Brennschere eigenhändig eine Minipli zu verursachen.

Gesellschaftsnachricht:

Bei einem Leichenschmaus in einer Allgäuer Dorfgaststätte sind fast alle achtzig Trauergäste an Salmonellenvergiftung erkrankt. Es gab Schweinebraten. Die Beerdigung soll so bald wie möglich wiederholt werden.

Jeck macht Dreck

»Was raus muß, muß raus«, quallt es ja schon immer aus dem selten weisen Volksmund, und so folgt das von langer Herbst- und Winternacht verdunkelte Grauvolk nur allzu willig und massenhaft dem Ruf seiner karnevalistischen Avantgarde: »Heraus zum Rosenmontag! Brüder zu Bockwurst und Pilsbier / Schwestern zu Mettmann und Kölsch!«

Und weil tatsächlich alles raus muß, was beim besten Willen nicht mehr reinpaßt, wird am 10. des auch ansonsten recht deprimierenden Monats Februar eine Woge der Entäußerung in die malerischen Winkel der »City« schwappen und sich an den dort aufgestellten städtebaulichen Höhepunkten erbrechen. Semiverdautes wird an Kaufhausschaufenstern abwärts gleiten, gespuckte Matjesbrötchenbröckchen werden an kunstvollen Pylonkonstruktionen haften und massenhaft abgepumpte Mageninhalte an Großbankfassaden imposante Schlieren hinterlassen. Ein leicht beißendes Harnodeur wird über Plätze und durch Passagen fächeln, wenn die »Bewegung 10. Februar« zum Straßenkarneval gewaltig austritt.

Während der organisierte Teil der Bewegung ausgelaugt und schlampig kostümiert die finale Ses-

sionsparade abhält, mit letzter Kraft heiser »Alaaf« und »Helau« hechelnd Bonbons auf gelangweilt am Rande stehende Kinder und deren genervtes Erziehungspersonal ablädt, ziehen desperate Fußtruppen weitaus effektiver durch die städtischen Viertel, offensichtlich im unablässigen Bemühen vereint, die Jahresproduktion der heimischen Alkoholindustrie an nur diesem einzigen Tag in sich zu vernichten.

Ein heldenmütiger Kampf, der noch bis spät in die Nacht tobt, lediglich unterbrochen von jenen kurzen Momenten, in denen die Kombattanten die natürlichen Grenzen der Aufnahmekapazitäten überschreiten und würgend, seichend und sabbernd Platz schaffen für frisches Füllmaterial. Verluste gibt es wie in jedem ernsthaften Gefecht natürlich auch, sie werden aber im Gegensatz zu jenen nicht beklagt, sondern fröhlich und gutgelaunt in die mit Hochdruck arbeitenden Magenauspumpstationen des städtischen Gesundheitsdienstes ausgelagert.

Irgendwann aber in tiefer Nacht wird der letzte inkontinente Indianer das letzte Glas geleert, der letzte kollabierende Cowboy das letzte Häufchen gebrochen haben. Irgendwann werden sie von angewiderten Taxifahrern nach Hause entsorgt worden sein und sich dort mittels Schlafmetamorphose in Abteilungsleiter und Sachbearbeiter rematerialisieren.

Und längst wird der Morgen des folgenden Tages angebrochen sein, wenn die Resultate des 10. Februars von kommunalen Reinigungsfahrzeugen weggeschwemmt und aufgesaugt werden. Kolonnen orange-gewandeter Müllwerker werden heinzelmännchengleich das Schlachtfeld räumen und die Stadt herrichten für kommende, saubere Tage.

An denen wird dann sogar der letzte ungebildete Straßenfeger aus dem Mufti-Land begriffen haben, was es mit der präzisen Sprache dieser Kulturnation auf sich hat: »Isse Jeck – machte Dreck!«

Wirkliche Integration funktioniert ja nur auf der Basis gegenseitigen Verständnisses. Und so wäre an diesem ereignisreichen Tag dann doch noch ein Stückweit etwas herausgekommen.

November

November, schwarzer Monat Du
Kehrst stets wieder, gibst nicht Ruh'
Schickst uns neue dreißig Tage
Dunkeldüstergraue Plage.

Bleichst fahle Blässe in die Wangen
Machst Gesichter traurig hangen
Pflanzt unzählig Depressionen
Sorgst für unbespielbar Boden
Brichst das Licht mit klebrig Nebel
Hebst mit eklig Regen Pegel
Läßt die Winde grausig tosen
In unseren langen Unterhosen.

Schleichst Dich schleimig an uns ran
Doch wir wissen deutlich wann
Deine Marter übel droht
Spätestens wenn Hundekot
Wässrig sich mit Baumlaub quetscht
Unter unsere Gummisohlen.
November, kannst uns nicht verkohlen
Zu bestialisch fault Dein Odem
Auf unserem teuren Teppichbodem.

November, alter Leichenschänder
Los! Sag an! Schmeißt Du ne Lage
Schnaps auf Deine Totentage?
Hast so viele wie kein zweiter
Kadaverfürst, vermaledeiter
Wirst hemmungslos uns wieder quälen
Mit Buß- und Bettag, Allerseelen
Und heuer, ach, es ist gar greißlig
Mit Todestag des starken Schutzwalls
Der am Neunten Deiner dreißig
Vor acht langer Jahre Frist
Viel zu früh verendet ist.

November, Sack, Du sollst verrecken!
Am besten mit dem Pack der Jecken
Die sich an Deinem Elften wecken
Mit Humba, Ententanz und Prost –
Vielleicht bringt ja Dezember Trost
Und richtet Euch mit starkem Frost.

Ich komm' zum Schluß mit dem Gedicht:
November, bist ein Arschgesicht!

Dieses Gedicht erschien am 31. Oktober 1996 auf der »Wahrheits«-Seite der »taz«. Daraufhin erhielt die Redaktion einen Leserbrief von Hanna:

An die Taz!

In eurer Zeitung am 31. Oktober habe ich ein Gedicht über den November gelesen und ich fande das Gedicht sowas von doof weil ich im November Geburtstag habe. Ich finde den November sehr schön weil da soviel Nebel ist, und weil es da manchmal in Strömen gießt. Dann kann man draußen ~~[illegible]~~ herrumlaufen, danach geht man nach oben und trinkt Kakao oder Tee im Jogginganzug.

Findet ihr das nicht auch? Wenn es geht schreibt bitte ~~zurück~~ zurück an:

[redacted]

Eure Hannah (9)

So gesehen hat Hanna natürlich recht, und deswegen...

November
Der Widerruf

November, Held der Monatsrecken
Schützend dick sind Deine Decken
Wärmst mit dichten Baumlaubmatten
Sowohl den Wurm in Herbstrabatten
Als auch die kalten Gehwegplatten
Die unser Trottoir belegen
Für jeden fröstelnd' Zeh ein Segen
Sofern die Nachbarn nicht gleich fegen

November, deckst uns zu mit Güssen
Legst die nassen Nebelkissen
Dämpfend auf das Ach und Krach
Hältst Laut und Lärm gekonnt in Schach
Spitzer Ton wird mählich flach
Ruhe senkt sich auf das Dach
Unter dem die klammen Socken
Dampfend überm Ofen trocknen.

Warme Stube macht uns Nicken
Da meldet sich Dein kleiner Schalk
Willst uns wohl ein Stürmchen schicken
November, großer Blasebalg!
Nur zu! Tob' Dich nur tüchtig aus!
Wir gehen heute nicht mehr raus

Schließen jede Fensterlade
Wickeln Plaid um Fuß und Wade
Und schlürfen heiße Schokolade.

Wir lieben Dich für Deine Launen
Für stilles Schweigen, lautes Raunen
November, bleib' so, wie Du bist
Und sei zum Dank dafür geküßt.

Immer zwei, drei Minuten Essen

Immer, wenn ich mit dem Intercity von Dortmund nach Köln fahre, oder von Köln nach Dortmund, bin ich in Essen. Für zwei, drei Minuten. Essen Hauptbahnhof, Gleis 3. Ich benutze immer den »Intercity Weserbergland«, weil der die Strecke über Essen nimmt. Ich könnte auch den Eurocity über Wuppertal nehmen. Er verläßt Dortmund zur gleichen Zeit wie der »Weserbergland« und benötigt wie dieser exakt die gleiche Fahrzeit nach Köln, aber er hält eben nicht in Essen und kommt deswegen für mich nicht in Frage.

Ich setze mich im »Weserbergland« immer in den Speisewagen, und zwar in Fahrtrichtung. Auf der Hinfahrt immer auf die rechte, auf der Rückfahrt immer auf die linke Seite. Dann bestelle ich mir beim immer freundlichen Ober des Mitropa-Service-Teams eine Tasse Kaffee für immer 5 Mark. Der Kaffee ist immer sehr heiß. Um mir nicht den Mund zu verbrennen, muß ich deswegen mit dem Trinken warten. Auf der Hinfahrt etwa bis Bochum-Langendreer, das immer nach etwa fünf Minuten Fahrtzeit vorbeifliegt.

Es sei denn, es geht in den Herbst. Im Herbst nämlich kann es schon mal geschehen, daß der Intercity plötzlich und unerwartet vehement in die

Eisen geht und nach erstaunlich kurzer Bremszeit stehenbleibt. Zum Beispiel in Bochum-Langendreer, wo im Herbst 1995 eine Bahnleiche einen etwa einstündigen außerplanmäßigen Halt auf freier Strecke erzwang. »Bahnleiche«, so entnahm ich später der von der Kölner Bahnhofsaufsicht ausgestellten Verspätungsbescheinigung, »Bahnleiche« ist die bahnamtliche Bezeichnung für Menschen, die die Schienenfahrzeuge der Deutschen Bahn AG als Transportmittel ins Jenseits benutzen. Wie eben an diesem trüben Herbsttag eine des Diesseits überdrüssige Frau, von der ich sonst nichts weiß, den »IC Weserbergland«.

Mein immer freundlicher Ober vom Mitropa-Service-Team nahm den nun folgenden, etwa einstündigen Halt des Zuges als Gelegenheit, dem verstört bis begierig nach Aufklärung heischenden Speisewagen-Publikum zu vermitteln, daß die Zwangspause wie stets in dieser Jahreszeit nun leider nichts besonderes sei. Der Herbst sei eben die Saison mit dem höchsten Selbstmörder-Aufkommen, und die strebe bis kurz vor Weihnachten kontinuierlich ihrem Höhepunkt zu. Er persönlich habe allein in den vergangenen zwei Dienstwochen »fünf Stück« gehabt. Im übrigen sei gerade das Trinkwasser ausgegangen. Das könne man erst in Essen wieder nachtanken. Bis dahin müsse man leider auf den Genuß frischgebrühten Kaffees sowie auf Tee und Kakaogetränke verzichten.

So umfassend und professionell aufgeklärt, nahmen die Reisenden zügig ihre Tagesgeschäfte auf, also ihre Handys aus den Taschen. Termine mußten jetzt verschoben, Sekretärinnen mit Terminverschiebungen beauftragt und Angehörige unterrichtet werden, daß private Termine aufgrund der bahnleichenbedingten Verschiebung geschäftlicher Termine sich verschieben würden, und zwar nach hinten.

Die betriebsame Hektik im stehenden Zug nahm umgehend hysterische Züge an. Offensichtlich sind nämlich die unsichtbaren D1,2,3-Telefonnetze bei hohem Handy-Aufkommen auf engstem IC-Raum überfordert und schließen, wenn alle gleichzeitig Termine verschieben wollen, den Äther einfach ab. Der daraufhin anlaufende Film hätte eigentlich den Titel »Landeskrankenhaus unterwegs« verdient gehabt, würde man damit nicht noch den verwirrtesten Bewohner einer Nervenheilanstalt ungehörig beleidigen. Daß nämlich ganze Horden von Wahrnehmungsgestörten unwürdigste Körperstellungen einnehmen, um Funknetze zu suchen, sich gegenseitig mit überschlagenden Stimmen, unter Mitropa-Tischen kauernd, fortwährend Handy-Displays mit der Anzeige »Funkzelle belegt« vorlesen, Fenster aufreißen, um mit ausgestreckten Armen weit herausgebeugt Anschluß an die Außenwelt zu suchen, während draußen vor dem Zug Notärzte und Rettungssanitäter ihre traurige Pflicht erfüllen und ansonsten Bochum-Langendreer den passend verzweifelten Hintergrund gibt, das ist wohl selbst auf dem Betriebsausflug der beklopptesten Beklopptenanstalt nicht zu gewärtigen.

Mit derartigen zeitgeistigen Verwerfungen muß

ich aber, wie gesagt, eigentlich nur im trübdunklen Herbst rechnen. Jetzt im März dagegen, wenn der helle Lenz mit zartem Geknospe die Lebenslüste weckt, nehme ich in Höhe Bochum-Langendreer den ersten Schluck des aromatischen und nun wohltemperierten Mitropa-Kaffees zu mir und freue mich still auf Essen.

Schwelgend schweift der Blick unbeschwert hinaus aus dem »Weserbergland«, entdeckt allenthalben flirtendes Geflügel in den Lüften und ackernde Landmänner auf der Scholle. Und wenn vom Fahrtwind aufgewirbelter Restmüll flatternd den Speisewaggon umspielt, weitet sich das Herz endgültig, und pumpender Kreislauf fördert längst verschüttet gewähntes Erbgut zutage, wie etwa die dem jungen Buben einst vom overstolzgesättigten Atem des Großvaters eingehauchte Bauernregel »dem Golde gleich ist Märzenstaub, er bringt uns Kraut und Gras und Laub«.

Und dann ist es endlich soweit. Kaum hat der »Weserbergland« das märzstaubvergoldete Bochum spielend hinter sich gelassen, knöttert das dünne Stimmchen des IC-Chefs durch die Bordlautsprecher: »Sehr verehrte Fahrgäste, in wenigen Minuten erreichen wir Essen-Hauptbahnhof!«

Kurz darauf das vertraute Geräusch, Metall auf Metall, ein kurzes schleifendes Knarzen, und ich weiß: die letzte Weiche vor Gleis 3. Jetzt nur noch ein unmerkliches Rucken und dann gilt es. Der »Weserbergland« steht in Essen. Zwei, drei Minuten. Zwei, drei Minuten, die ich nutze, um das, was vielleicht nicht alles, aber doch ausreichend viel über diese Stadt sagt, intensiv in mich aufzusaugen. Darum sitze ich auf der Hinfahrt immer auf der rechten Seite, denn nur von da kann ich sehen, was ich sehen will. Und zwar nur, wenn ich den Kopf fast auf die Mitropa-Speisewagen-Tischplatte lege und den Blick himmelwärts richte. Denn dort prangt auf dem Dach eines panoramadominierenden Gebäudeklotzes die kommunale Botschaft, die weise Stadtväter ihren bahnreisenden Besuchern selbstbewußt auf die Augen drücken. Meterhohe Plastikversalien künden davon, daß man hier weiß, was man ist und wie man beispielhaft für alle Metropolen nicht nur des Ruhrgebietes Form und Inhalt einer Massenansiedlung mit zwei schlichten Worten auf den Punkt bringen kann: »EINKAUFSSTADT ESSEN«.

EINKAUFSSTADT ESSEN lese ich schnell und so oft ich es zu lesen vermag in diesen zwei, drei Minuten. EIN-KAUFS-STADT-ESSEN – EIN-KAUFS-STADT-ESSEN. Eine meditative Formel, die schon nach fünfmaliger Wiederholung einen Rhythm and Blues-artigen Groove annimmt, ähnlich dem der Jethro-Tull-Hymne »Locomotive Breath«, die in den 70ern leider nur inoffiziell zum Kampflied der kiffenden Eisenbahnergewerkschaftsjugend gekürt wurde.

Und EIN-KAUFS-STADT-ESSEN–EIN-KAUFS-STADT-ESSEN trommelt jetzt auch der anrollende »IC Weserbergland«, der bereits, Mülheim an der Ruhr im Visier, der Essen-Visite das wie immer schnelle Ende und mir das Zeichen setzt, den Kopf zu heben und den Blick in Richtung freundlichem

Mitropa-Ober zu wenden, um die zweite Tasse Kaffee zu bestellen, die ich kurz vor dem Zwischenziel meiner Reise in Köln geleert haben werde.

Spätestens dort aber, wo der »Weserbergland« bei der Einfahrt in den Hauptbahnhof den angeberisch breiten Rhein überquert und ein protziger katholischer Tempel eitel Ansichtskartenkitsch verströmt, spätestens dort freue ich mich schon auf die Rückfahrt. Auf ein Plätzchen im Speisewagen links. Auf einen Kurzaufenthalt in Essen, das auch ein paar Stunden nach meinem letzten Besuch nichts von seiner sympathischen Bescheidenheit eingebüßt hat und weiterhin standhaft nur das kundtut, was es wie so viele andere auch ist: Eine Einkaufsstadt für zwei, drei Minuten.

Drei Mitteilungen

Zu kurz und bündig, Deutsche Presse Agentur, meldetest Du: »Mit 2,39 Promille Alkohol im Blut baute ein katholischer Priester einen Autounfall und starb. Seine fünfzehnjährige uneheliche Tochter bekommt keine Waisenrente.« Ich hätte nämlich gerne noch erfahren, ob die Waise Rente erhalten hätte, wenn der Gottesmann nüchtern gewesen wäre. Beziehungsweise verheiratet. Mach' Meldung!

Ein Schüppchen mehr Pietät, Dortmunder Garten- und Friedhofsamt, kann man wohl von Dir verlangen. Wie ich anläßlich einer Routinekontrolle Deiner Gottesäcker nämlich feststellen mußte, kleben an den dort zahlreich herumstehenden grauen Abfalltonnen die roten Zettel mit der Aufschrift »Bitte keine heiße Asche einfüllen«. Wie, Dortmunder Friedhofsverwaltung, kann so etwas passieren? Einfach nur peinliche Gedankenlosigkeit oder etwa, noch schlimmer, höchst unprofessioneller Mangel an achtungsvoller Rücksicht gegenüber Deiner Kundschaft?, fragt ein Befürworter konsequenter Mülltrennung.

Du, bayerische Landesanstalt für Tierzucht, hast bewiesen, daß die Liebe bei den Kühen durch den Euter geht, weil »Liebkosungen die Milchleistung einer Kuh um bis zu 500 Liter erhöhen«. Schön und gut, aber sollte es nicht beiden Spaß machen? Braucht nicht auch der massierende Landmann ein wenig Zuneigung? Um wieviel flotter es dem melkenden Bauern von der Hand geht, wenn die Kuh sich ihm zärtlich widmet, hätte gerne bald bewiesen, ein wissensdurstiger Milchbubi.

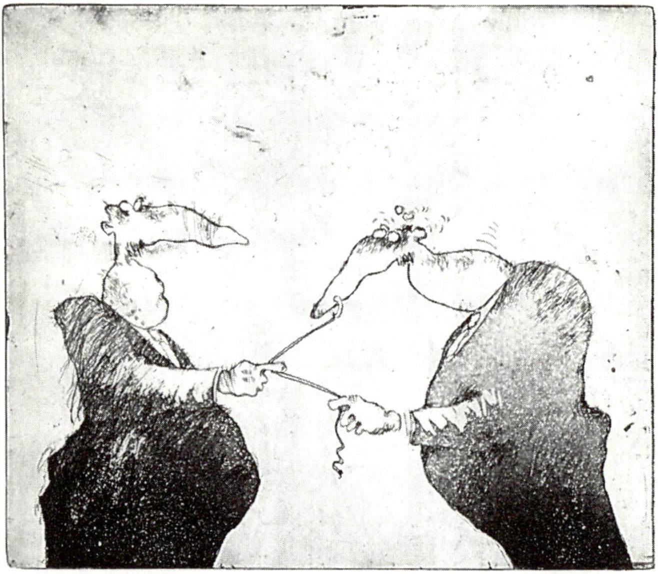

Umgang mit sensiblen Themen

Der gute Mensch quatscht um das Thema gern herum.

Und zwar derart sprachschleimabsondernd, daß im glitschigen Umgang mit ihm das Tragen dickprofiligen Schuhwerks empfohlen sei.

Äußerst unfallträchtig ist beispielsweise das Betreten der Büros gutmenschelnder Radio- und Fernsehredakteure, die sich ihrer »Verantwortung dem Programm und insbesondere dem Zuschauer/Zuhörer gegenüber ganz bewußt annehmen«.

Nähert man sich einem Vertreter dieser Spezies, etwa um als von ihm auserkorener Autor »ein Stückchen für die Vormittagssendung – sagen wir mal so zwei, drei Minuten« zu besprechen, hat man darauf gefaßt zu sein, daß er den »angedachten Beitrag andiskutieren, die Inhalte ein Stückweit ausloten und die Problematik vom Grundsätzlichen her mal differenzieren« will.

Spätestens nach solch sämiger Eröffnung kann der Auftragnehmer sicher sein, daß »das Thema um eine gesellschaftliche Problemgruppe« kreist, daß es sich um »eine innerhalb des soziostrukturellen Geflechts an den Rändern befindende Minderheit« dreht. Mit anderen Worten: Der Programmhaftpflichtige will den Autor auf einen Beitrag einstimmen, in dem wie auch immer Ausländer, Juden, Roma, Sinti, Schwule, Lesben, Behinderte ... das Problem darstellen.

Das Problem ist nur, daß der gute Vorstehmensch der Redaktion »aus der Verpflichtung gegenüber allen Rezipienten heraus« zwanghaft die Verpflichtung verspürt, sein Autorenopfer für »die Gesamtproblematik zu sensibilisieren«.

Will sagen: »Unser Programm sehen und hören nicht nur Ausländer, Juden, Sinti, Roma, Schwule, Lesben, Behinderte..., sondern auch die, die mit dem Ermorden, Verfolgen, Ächten und Beleidigen dieser Menschen nicht nur kein Problem haben, sondern es mitunter selbst ganz gerne tun. Mein Gott, wir können sie uns schließlich nicht aussuchen.«

Sagt aber: »Selbstverständlich müssen wir das Problem in seiner ganzen Tiefe angehen. Wir dürfen aber nie das Empfinden dafür verlieren, daß wir gerade bei der konkreten Benennung etwa von Untaten gegen unsere ausländischen Mitbürger nicht denen in die Hände spielen, die möglicherweise immer noch fremdenfeindliche Ressentiments hegen. Gerade die gilt es doch herüber auf die richtige, auf unsere Seite zu ziehen. Und deswegen sollten wir uns eines einfühlsamen Tones befleißigen. Vermeiden sollten wir jeden Anflug von Ironie. Die wird immer nur von den richtigen Leuten richtig verstanden. Und von allen anderen falsch.«

Zugegeben, die wörtlichen Reden sind in dieser Massierung nur noch selten zu hören. Für derart ausschweifende Absonderungen findet selbst der verschnarchteste öffentlich-rechtliche Gutmensch im brutalhektischen Tagesgeschäft – »mein Gott, das sind die Neunziger« – kaum noch Zeit.

Deswegen am Ende schnell noch die topaktuell gültige Kurzsensibilisierung für alle, die es bis hierhin geschafft haben:

»Wir können mit diesen sensiblen Themen nicht sensibel genug umgehen.«

Können »wir« auch nicht.

Käse

Im Kühlschrank friert ein Stückchen Harzer Käse
Die Eiseskälte setzt ihm bitter zu
Es würd' so gern gegessen
Doch man hat es vergessen
Jetzt zittert es in frostig dunkler Ruh

Und träumt von einem warmen Platz am Fenster
Wo es verpackungsfrei sich wohlig aalt
Bestrahlt vom Sonnenglanz
Verändert die Substanz
Von knochenhart in samtweich-cremig-zart

Mild verströmend käsiges Aroma
Das des Menschen Sinne duftig neckt
Solange bis der endlich
Und letztlich unabwendlich
Sein Käsemesser in den Harzer steckt

Doch leider ist der Mensch nur zu vergeßlich
Gedankenlos wie roh und schrecklich bös
Was kümmert ihn die Welt
Es geht ihm nur ums Geld
Erst stirbt der Wald und dann schon bald der Käs

Drum Mensch schau bitte nach in Deinem
Kühlschrank
Und achte drauf ob dort ein Käse friert
Schenk ihm ein bißchen Wärme
Sag ihm »ich eß dich gerne«
Bevor er seinen Lebensmut verliert

Wir haben diesen Käse nur geliehen
Von unseren Kindern die noch länger leben
Ach Mensch sei nicht so herzlos
Ach Mensch sei nicht so stur
Denk dran: Auch Käse ist ein Stück Natur!

»Rock for Bosnia« oder Wolf als Muselmaahn

Im Sommer 1996 fand im Rahmen des Dortmunder Stadtfestes mit dem preisverdächtigen Titel »Let's DO it« ein großes Rock- und Pop-Konzert statt. »Rock for Bosnia« hieß es, und Geld sollte es einbringen für den karitativen Zweck, eine musikpädagogische Einrichtung für unter Kriegsfolgen leidende bosnische Kinder zu bauen. Die am Konzert beteiligten Gruppen verzichteten auf ihre Gagen, und unter dem Strich blieb laut den Veranstaltern eine sechsstellige Spendensumme übrig. Über Sinn und Zweck dieser guten Tat soll hier gar nicht geredet werden. Es wurden schon wesentlich unsinnigere Benefiz-Veranstaltungen durchgeführt, und ich habe mich als Künstler schon zu so vielen überreden lassen, als daß ich jetzt hier neunmalklug den Stab über die Beweggründe der beim Bosnien-Rock spielenden Gruppen brechen dürfte.

Andererseits darf man auch nicht jede Scheußlichkeit der vermeintlich wohltätigen Sache wegen unter den Tisch kehren. Nein, nicht jede Zumutung kann mit dem Hinweis »ist ja für einen guten Zweck« hingenommen werden. Schließlich ist man neben einem denkenden vor allem immer noch ein empfindender Mensch. Und als solcher muß ich mich als Ohren- und Augenzeuge des Auftritts des Rock-for-Bosnia-Mitveranstalters und Musikers Wolf Maahn zu Wort melden.

Wolf Maahn, der es in den 80er Jahren als Bruce Springsteen für arme Deutsche zu mittelprächtiger Berühmtheit brachte und dessen frühere Werke mir zum Teil durchaus so gefielen, daß ich einige davon käuflich erwarb, Wolf Maahn nutzte die für ihn günstige Gelegenheit, auf dem Dortmunder Friedensplatz endlich mal wieder vor einem großen Publikum spielen zu dürfen. Und es störte ihn auch überhaupt nicht, daß schätzungsweise 99% der anwesenden 4-5000 Menschen seinen Auftritt lediglich als notwendiges Übergangsübel, als beschallte Pausen- und Wartestunde auf die »Fantastischen Vier« und »Fury in the Slaughterhouse« zur Kenntnis nahmen. Offensichtlich unbehindert von Verstand und Gefühl für die Situation, machte Maahn vor entweder desinteressierten oder peinlich berührten Zuschauern die ganz alte Nummer: Schwitzende Rockabschaffe mit »hey seid ihr gut drauf«-Einwürfen der anbiederischsten Sorte. Daß bis auf ein hüpfendes Häuflein Unentwegter überhaupt keiner so richtig gut drauf war, tat der wahnsinnig-maahnsinnig gehobenen Stimmung des euphorischen Autisten jedoch keinen Abbruch. In immer unsinnigeren Aufwallungen penetrierte Maahn die teilweise schon fassungslos stumme Menge. »Hey komm – macht mich fertig« forderte er in aufgesetzt kölsch-angelsächsischem Idiom und unansehnlich breitbeinig posierend zum Mitsingen auf. »Wir probieren jetzt mal Stufe drei« und

»hey, ihr seid großartig« schmetterte der, den in Wirklichkeit nur einer uneingeschränkt großartig fand: Er selbst.

Der mittlerweile neben mir am trost- und etwas schallschutzspendenden Bierstand stehende Musikliebhaber Peter Krettek hatte für diese unglaubliche Vorstellung nur einen, dafür aber umso treffenderen Satz übrig: »Ein gutes Beispiel dafür, wie man nicht in Würde altert!« Und als wollte Herr Maahn die Richtigkeit dieser Behauptung noch einmal ganz dick unterstreichen, gab er direkt im Anschluß an Kretteks weise Worte zwei Zugaben, die nun wirklich keiner von ihm gefordert hatte.

Inzwischen nicht mehr ganz so demütige Besucher riefen jetzt schon mal entnervt: »Hau endlich ab!«, und eher im Zynismus Ausgleich Suchende diskutierten den Vorschlag, ob Wolf Maahn nicht besser als musikpädagogischer Aufbauhelfer im Sinne des karitativen Anlasses nach Bosnien geschickt werden solle. Dann hätte man ihn hier von den Ohren und er könne dort als Muselmaahn was Sinnvolles tun. Eine Idee, die aufgrund der ihr innewohnenden fremdenfeindlichen Tendenz dann aber verworfen wurde. Es bleibt nur zu hoffen, daß Wolf Maahn den Rest der Veranstaltung noch als aufmerksamer Zuschauer erlebt hat. Bei den Auftritten der Gruppen »die Fantastischen Vier« und »Fury in the Slaughterhouse« hätte er kostenlosen Anschauungsunterricht nehmen können, wie man als Künstler einfach seine Kunst vorführt und ohne angeschimmelte Attitüden aus dem Rockmuseum eine gute Figur macht.

Sicher vor mir

Die Zeiten sind unsicher – bedrohlich. Wohin die noch bis vor kurzem in der asozialen Hängematte satt und tagträumend sich wiegende Kreatur den bangen Blick auch wendet, erscheint ihr die häßliche Fratze des Untergangs. Allüberall brechen soziale Sicherungssysteme zusammen, tun sich höllengleich stinkende Haushaltslöcher auf und werden die kümmerlichen Reste schwindsüchtiger Bruttoinlandsprodukte von leistungsfeindlichen Lohnzusatzkosten paralysiert. Das deprimierte Individuum steht mit dem Rücken zur Wand. Aber – die in den Jahrmillionen der Evolution brutal erschufteten Instinkte zucken noch – es gibt sich nicht auf. Es kämpft und wehrt sich, schottet sich ab. Errichtet hermetische Barrieren. Grenzanlagen, die das moderne Einzelwesen gegen die Gefahren der aus den Fugen geratenen, aggressiven Außenwelt immunisieren. Ich bin ich. Und wo ich bin, kommt kein anderer rein. In mein Bankkonto zum Beispiel. Kommt kein anderer rein. Ich habe einen Bankkonto-Nummerncode. Eine vierstellige Zahlen-Kombination. Die kennt keiner. Nur ich. Das heißt, meistens kenne ich sie. Es gibt Tage, an denen die Brandung der Verwirrung so gewaltig tobt, daß ich den Bankkonto-Code schonmal mit dem Kreditkarten-Code verwechsele. Oder mit der ebenfalls vierstelligen Wegfahrsperren-Ziffernkombination meines mit allen Segnungen der Security-High-Tech ausgerüsteten PKW. Beziehungsweise mit der Pin-Nummer des sich in ihm befindenden Auto-Radio-Kassetten-CD-Kombi-Gerätes, der dem des daneben installierten Mobiltelefon-Digital-Zahlenschlosses nicht unähnlich ist und in umgekehrter Reihenfolge gelesen mit meinem dazuaddierten Geburtsdatum den Zahlencode für die sensorgesteuerte Ultraschall-Alarmanlage ergibt.

Das sind die Tage, an denen nicht nur kein anderer in mich und mein Leben eindringen kann, sondern ich selbst auch nicht. Dann ist definitiv der kritische Punkt erreicht, die restlose Auslöschung der abgeriegelten, versiegelten Persönlichkeit nur noch abzuwenden, wenn ich mich schnellstmöglich in meinen PC einschleusen kann, in dem intelligent verschlüsselte Dateien Auskunft über meinen individuellen Sicherheits-Code-Katalog geben. In den PC kommt keiner rein. Keiner außer mir. Nur ich kenne seinen Code. Nein – keines dieser phantasielosen Passwörter, Vornamen der Frau oder des Haustieres oder ähnlicher Kinderkram. Nichts von dem. Mein PC hat eine ausschließlich auf mich und von mir programmierte, benutzerdefinierte Oberfläche, die sensitiver reagiert als jeder Mensch.

Mein PC gibt meine persönlichen Identifikations-Codes nur heraus, wenn ich ihn vorher küsse. An einer Stelle, die nur ich kenne. Und sonst keiner. Die böse Welt muß draußen bleiben. Und ich bin sicher. In mir. Und vor mir.

Ein gutes Gefühl

Arnim Basche bei der Dressur mit Wallach und Dame

Aufmerksam sprötzelt der Wallach die Ohren,
Nüpft die Lüstern kaum merklich
Und versammelt sich unter seiner Reiterin
Recht ordentlich.

Empfindlich reagiert der Gute
Auf den leichtesten Druck der Schenkel,
Ruhig weht der Schweif,
Und markant pörkelt er den Wupf.

Edel, ja fast aristokratisch
Schnurpelt er den Bläh
Und gibt ihr und uns
Ein gutesgutes Gefühl.

Schon beim Abreiten
Zeigte er sich fast galant,
Und selbst jetzt, nach der Hälfte der Übung –
Schwitzt er ja kaum.

Er schwitzt ja kaum...
Jahhh! Das ist die Holsteiner Zucht.

Kalt und doch gelehrig,
Sensibel für die kleinsten Aufmerksamkeiten jener,
Die auf ihm leicht federnd die Zügel führt.

Nun nur noch die Passage...
Und er geht – nein, er schreitet.
Oh, wie er schreitet!
Und sie hilft ihm gut.

Ein letztes Mal den Knorp geschnurbelt
Und dann:
Die so ausgezeichnete
Finale Versammlung.

Er steht ganz geschlossen.
Sie zieht den Zylinder.
Das ist Gold für die beiden.

Sie eiern wacker weiter

Olympia 1996
Die Jugend der Welt erschließt ihren Leib

Rudern ist garantiert eine der extremsten olympischen Sportarten. Die Experten sagen, daß die Athleten auf den ersten eintausendfünfhundert Metern der Regattastrecke schon alles geben. Aber was heißt das schon: »Alles geben«? Die physischen Möglichkeiten bis zur Neige ausschöpfen, das Letzte aus dem Körper herausholen oder, wie die Sportler sagen, »sich auspumpen bis zum Kotzen«?

Gut, jetzt haben die Ruderer auf den ersten eineinhalb Kilometern also bereits alles gegeben. Gekotzt hat aber noch keiner. Gerade in den Booten ab zwei Riemenreißern aufwärts wäre das im übrigen auch eine auf Dauer kaum zumutbare Belastung für die vorne sitzenden Sportskameraden. Insbesondere die kleinwüchsigen Steuerleute hätten dann ja wohl allen Grund, die Disziplin zu wechseln. Da aber Zwergenweitwerfen trotz wiederholter Petitionen des australischen Zwergenwurfleistungsausschusses leider immer noch keine olympische Sportart ist, gäbe es für des Ruderns überdrüssige Steuerleute, die ja nichts anderes gelernt haben, als Boote geradeaus zu lenken und in Abständen »PULL!« zu schreien, überhaupt keine Möglichkeit, an den Wettkämpfen der Jugend der Welt teilzunehmen.

Darüber aber müssen sich die Steuerleute der olympischen Ruderwelt keine Gedanken machen. Keiner der muskelbeschichteten Allesgeber zeigt bereits an der 1,5-Km-Marke irgendwelche Anzeichen unkontrollierter Magen-Darm-Motorik. Im Gegenteil – es gilt schließlich noch fünfhundert Meter Endspurt hinzulegen –, jetzt wird sogar noch die Schlagzahl erhöht. Die Experten sagen, daß die Athleten das letzte Viertel der Strecke im Unterbewußtsein zurücklegen, daß sie durch einen schwarzen Tunnel fahren, roboterhaft die in jahrelangen Übungseinheiten einprogrammierten Bewegungen durchziehen, solange bis die Zielsirene den pawlowschen Aufhör-Effekt auslöst. Erst dann gibt sich auch der unterhalb des bewußtseinstragenden Körperteils angebrachte Ruderrerest der Umnachtung hin, sackt in sich zusammen, saugt bebend Luft in sich hinein und meldet offensichtlich gellend Alarm an das nach und nach wieder Gefühle entschlüsselnde Schmerzzentrum. Anders jedenfalls sind die jedem Geisterbahndesigner als Modelliervorlagen zu empfehlenden Sportlergesichter nicht zu deuten.

Warum tun sich Menschen so etwas an? Was treibt Hunderttausende dazu, die Blüte ihres Lebens in Krafträumen, Trainingscamps, auf Massagebänken und Doping-Schwarzmärkten zu verschwitzen, unzählige Rudel innerer Schweinehunde zu besiegen, endlose Qualifikations- und Auslesetorturen zu absolvieren, um letztendlich als glücklich Ausgesiebte an einem schwülfeuchten Olympia-Morgen in Atlanta um sieben Uhr zwölf im ersten Vorlauf auszuscheiden?

Die kleingeistigen Neidhammeln zuerst aus den Köpfen fallende Antwort »Ruhmsucht und Geldgier« kann man getrost vernachlässigen. Mal gerade einige Handvoll Leichtathletik-Stars wie Gwen Torrence und Carl Lewis haben die Chance, ihre Olympia-Erfolge als hochdotierte adidas- oder Nike-Models zu verwerten.

Die breite Masse der sich für den Höhepunkt ihrer Sportler-Laufbahn marternden Olympioniken aber tritt in für die umsatzorientierte Sportartikelindustrie eher irrelevanten Disziplinen an. Oder hat man jemals gehört, daß Goldmedaillengewinner im Kleinkaliberdreistellungskampf oder Olympiazweite im Freistilringen der Gewichtsklasse bis 57 kg (Bantam) als Image-Träger, also Sportswear-Kleiderständer unter Sponsor-Vertrag genommen wurden? Und auch die so gar nicht medientaugliche Extremsportart Rudern hat wohl noch keinem Athleten zu einem von materiellen Sorgen befreiten Nachrudererleben verholfen. Wiewohl hier das finanzielle Engagement eines deutschen Speiseeisherstellers gelobt werden muß, der durch seine milde Gabe aus dem von Generationen national empfindender Sportreporter angehimmelten »Deutschland-Achter, das Flaggschiff unserer Ruderflotte« einen doch sehr angenehm undeutsch klingenden »Langnese-Achter« gemacht hat. Man kann wohl davon ausgehen, daß diese Unterstützung die Finanzierung einiger Höhentrainingslager sicherstellt und daß im Falle des Olympiasieges eine anständige Prämie an die Mannschaft überwiesen wird. Ausgesorgt haben aber wird damit keiner der Aktiven. Und auch die sehr wahrscheinliche Gratis-Belieferung der Goldjungs mit Magnum lebenslänglich kann als Motivationsgrundlage fürs jahrelange »Auspumpen bis zum Kotzen« nicht ernsthaft in Betracht gezogen werden.

Also muß ja wohl insbesondere die Randspitzensportler, die das größte Kontingent der Olympia-Teilnehmer stellen, etwas gänzlich anderes antreiben als profaner Geschäftssinn. Schlicht formuliert ist es wahrscheinlich der Ehrgeiz, etwas besser können zu wollen als andere, wenigstens aber, es besser zu können, als man es sich selbst jemals zugetraut hätte. Und auch die Wissenschaft hat in ihrer etwas hochnäsigen Art festgestellt, daß sich »...der Sportler durch das Erlernen und Beherrschen schwieriger sportlicher Bewegungen die Welt und den eigenen Leib erschließt. Er erarbeitet sich neue Varianten des Selbstausdrucks, der Welt- und Selbstbewältigung sowie der Selbstbewährung.« (Hans Lenk)

Nirgendwo ist das grandiose Ausmaß dieses sportlichen Weltbewältigungsstrebens so »total absolut« (Steffi Graf) zu besichtigen wie bei den Olympischen Spielen. Nur hier erhielten die am topaktuellen Stand der zur Zeit gültigen Selbstausdrucksvarianten Interessierten einen ebenso kompakten wie erdflächendeckenden Überblick. 1500 Stunden lang haben die großen Fernsehsender sämtliche Spielarten moderner olympischer Leibeserschließung von den USA nach Deutschland übertragen. 1500 Stunden, die unter optimal genutztem Einsatz von Video-Aufzeichnungstechnik ein 62,5 Tage währendes Alternativanschauungsprogramm für alle ergaben, die mit dem Beherrschen dreier Fernbedienungen gleichzeitig ihr individuelles Soll an zeitgeistgerechter Selbstbewährung in ausreichendem Maß abgedeckt sahen.

Das ausdauernde Betrachten des olympischen Panoptikums kann darüberhinaus eine durchaus tröstende, ja heilende Wirkung entfalten. All den Millionen, die zaudernd und zweifelnd in den Wirren der angsteinflößenden Gegenwart umherzittern, die auf der Suche nach sich selbst und dem Sinn ihres Daseins nicht einmal in den Regalen des Esoterik-Zubehörhandels eine Machete gefunden haben, die ihnen eine Bresche in das Dickicht des Lebensgestrüpps schlägt, all diesen Mitleidverdienenden sei ab sofort jedes olympische Fernsehprogramm als psychische Sehhilfe in voller Länge verordnet.

Hier werden sie die ermutigende Erfahrung machen, daß es anderen mühselig Beladenen auch nicht besser, nein, ganz offensichtlich sogar noch viel dreckiger geht.

Denn welche seelischen Grausamkeiten müssen junge Frauen schon in frühester Kindheit durchlitten haben, um beispielsweise im Erlernen und Beherrschen der olympischen Disziplin Synchronschwimmen therapeutische Hilfe zu suchen? Bedauernswerte Geschöpfe, die mit schreifarbener, daumendicker Schminke und abgeklemmter Nase im Gesicht hochanstrengende Übungen verrichten, von denen mehr als die Hälfte für jeden Betrachter unsichtbar unter Wasser stattfindet.

Welch unvorstellbar grauenhaften Schattenreichen versuchen jene olympischen Kämpfer zu entfliehen, die in der Sportart Gehen solange auf der Stelle treten, bis ihnen die verbogenen Oberschenkelhälse durch die Haut ratschen? »Lauft!«, möchte man ihnen flehentlich zurufen, »rennt doch weg, oder noch besser, nehmt Fahrräder!«, aber nein, sie eiern wacker weiter über Stock und Stein, unablässig auf der unansehnlichen Suche nach einer neuen Variante des Selbstausdrucks.

Und welche schicksalssatten Biographien verbergen sich in den Gewichtheber gewordenen Proteingebirgen, in den laborgezogenen, wirbellosen Schwebebalkenturnerinnen oder in sogenannten Dressurreitern, die in Frack und Zylinder wehrlose Kreaturen zu widernatürlichen Verrenkungen anhalten?

Sich das und alles andere anzuschauen, ist eine der extremsten olympischen Herausforderungen. Man muß alles geben, die physischen Möglichkeiten bis zur Neige ausschöpfen und das Letzte aus dem Körper herausholen. Man sollte sich vielleicht nicht gerade auspumpen bis zum Kotzen, obwohl das den gewünschten kathartischen Effekt durchaus unterstützen könnte.

In diesem Sinne: Laßt uns ehrenhafte Kämpfer sein!

Frühlingsfrust

Brunzend steht der Mai-Bock
Im Wald und schaut betroffen
Das Reh will ihm nicht willig sein
Er ist ihm zu besoffen

Fischerdorf mit Strand

Schäfchenwölkchen sausen südwärts
Sonne saugt sie sengend ein
Ozean grüßt blautürkisisch
Möwen kehren keuchend heim

Häufchen Schuppen schimmern silbrig
Fischers Weib bürstet die Beute
Müde Männer dösen faltig
Haben Feierabend heute

Linde Luft lullt leicht und duftig
Ein winzig Wellchen flach erbricht
À la playa planscht der Bär
Lothar lernt das Surfen nicht

Hochdruckreinigung
Der Baumarktprofi

Guten Tag. Mein Name ist Peter-Hans Kaltenbecher. Als Leiter einer führenden Filiale einer namhaften Baumarktkette im westlichen Westfalen, also östliches Ruhrgebiet, was aufs selbe rauskommt, möchte ich sozusagen einmal aus professioneller Perspektive eine Stellung beziehen zum Problem der Bekämpfung von starken Schmutzverunreinigungen im häuslichen Bereich.

Was soll ich dazu sagen?! Ich muß es ja wissen, ist doch alles, was es an modernen Geräten gibt, die für nichts anderes gut sind, als den Dreck, der in allen menschlichen Ecken und Kanten sein unhygienisches Zuhause findet, wegzumachen, bei mir in meinem Geschäft in einer derartigen Vielfalt vorhanden, daß er keine Überlebenschance hat, egal wie aggressiv seine Natur ist.

Um nur ein abschreckendes Beispiel zu geben: Grünspan! Dieser häßliche, durch die Feuchtigkeit der Witterung sich ausbreitende, in alle Ritzen kriechende, muffige Schmand, den man auch vom Zierfischaquarium kennt, wenn man ihn nicht regelmäßig abschrubbelt, weil man meint, die Fische putzen den schon weg. Ja, von wegen! Wenn er einmal die Überhand hat, soviel Fische passen gar nicht ins Becken, daß sie nicht, von Sauerstoffarmut begleitet, qualvoll verenden.

Der Grünspan hat das ganze Jahr über, vor allem im Herbst und Winter Konjunktur, und im Frühling dann, oder im Sommer, wenn man sich außerhäusig auf der Terrasse einen gemütlichen Kaffeeklatsch wünscht und die Sonne lacht und der Marmorkuchen duftet, wandert der erschrockene Blick auf die Übergangskante vom gefliesten Boden auf den Außenputz vom Haus, unten – fünf Zentimeter aufwärts –, da springt er einem in seiner ganzen giftgrünen Abscheulichkeit ins Auge und vermiest einem die Laune, weil er ja auch stinkt wie ein Gulli in seiner besten Zeit, wenn man nah genug dran geht mit der Nase.

Grünspan ist ein Feind, der mit herkömmlichen Gegnern kein Problem hat und sich überlegen auf die Schenkel klopft, wenn Sie ihm mit Ata und Wurzelbürste an den Kragen wollen. Nein, da hilft nur eins: Radikale Vernichtung mittels Hochdruckreiniger. Mindestens 100 bar – besser aber 150 –, also mindestens das Doppelte!

Hochdruckreiniger gibt es bei mir schon preiswert zum Preis von 400 Mark mindestens.

Und dann einfach ran mit der spitzen Düse, die durch das komprimierte Wasser in einer unvergleichlichen elementaren Wucht haarnadeldünn bis auf die Knochen des Grünspans die unter ihm vorhandene Sauberkeit freilegt, daß es nur so eine Art hat!

Und ich gebe Ihnen Brief mit Siegel: Wenn Sie das einmal angefangen haben, mit Hochdruckreiniger ganz bequem in ihre sämtlichen unzugänglichen Fugen zu spritzen, dann bleiben Sie nicht beim Grünspan stehen! Dann gibt es kein Halten mehr. Dann erliegen Sie einem Reinlichkeitsrausch, der Ihnen über das eigentliche Problem, gegen das Sie ursprünglich vorgehen wollten, hinaus einen Lustgewinn bringt, der vor keinem Dreck der Welt sich mehr ekelt, sondern ihn wegbläst mit der ganzen Kraft des gebündelten Atüs und alles wegschwemmt, was Sie schon immer nicht mehr sehen konnten, so wahr mir Gott helfe!!!

Und jetzt sagen Sie doch mal selbst: Wo kriegen Sie sowas heutzutage noch für 400 Mark? Immer für Sie da! Ihr Baumarktprofi

Peter-Hans Kaltenbecher

Deutsche Initiative voller Erfolg

Europa gemeinsam gegen den Mißbrauch des Gastrechtes

Die Bundesregierung ist wieder einmal erfolgreich als Vorreiterin einer gemeinsamen europäischen Politik tätig geworden.

Ziel der Initiative war es, europaeinheitliche Richtlinien gegen den Mißbrauch des Gastrechtes zu erlassen.

Die Bundesregierung reagierte damit auf Ausschreitungen, die während der Demonstrationen anläßlich des kurdischen Neujahrsfestes Newroz zu beklagen waren. Bei diesen Kundgebungen hatte die deutsche Polizei zahlreiche gewaltbereite Sympathisanten und Mitglieder der verbotenen kurdischen Arbeiterpartei PKK gestellt und festgesetzt. Nur durch massiven Einsatz von Bereitschaftspolizei konnten die zu allem bereiten Kurden, zum Beispiel in Dortmund, daran gehindert werden, auch außerhalb der kesselartigen Polizeiabsperrungen zu tanzen und zu singen.

Unter anderem forderten daraufhin die Bundesminister Kinkel und Kanther die umgehende Verschärfung der zu laschen deutschen Abschiebegesetze. »Wer das Gastrecht mißbraucht«, so die Politiker, »darf nicht mehr davon ausgehen, weiterhin des Schutz des Gastlandes zu genießen«. Sinn mache die Verschärfung aber erst dann, wenn alle europäischen Länder geschlossen vorgingen.

Die EG-Partner schlossen sich vollinhaltlich den deutschen Vorschlägen an und reagierten prompt. Und bereits jetzt können die ersten gesamteuropäischen Erfolge im Kampf gegen den Gastrechtsmißbrauch gemeldet werden.

Spanien: Drei Dutzend in einer geschlossenen Ferienanlage auf Gran Canaria überwinternde Angehörige der deutschen Flakhelfergeneration wurden von der Gästepolizei Maspalomas, Gran Canaria, ohne Gerichtsverfahren in eine Sondermaschine nach Düsseldorf gesteckt. Die sofortige Abschiebung war nach Angaben der kanarischen Behörden unumgänglich. Die Rentner hätten in eklatanter Weise das Gastrecht mißbraucht und einen extrem gewaltbereiten Eindruck gemacht. Seit November letzten Jahres seien die Deutschen durch notorisches Meckern, Stänkern und Anpöbeln der Einheimischen auffällig geworden. Das Essen sei schlecht und zu teuer. Das Wetter tagsüber zu heiß und abends zu kalt. Die Meerestemperatur zu gleichmäßig. Das Personal spreche unverständliches Deutsch und es gebe nur alle zwei Tage frische Handtücher. Endgültig notwendig sei die Abschiebung geworden, nachdem die rabiaten Alemanos sich des schweren Landfriedensbruchs schuldig gemacht hätten. Leib und Leben der Angestellten sei bedroht gewesen, als die zu allem bereiten Gewalttäter randalierend einen Supermarkt zerlegten, weil dort mehrere Tage lang der Hühnersuppentopf von Sonnen-Bassermann nicht erhältlich war.

Niederlande: Fünf junge Männer aus Nordrhein-Westfalen wurden von der niederländischen Sittenpolizei festgenommen und ohne Gerichtsverfahren in die Bundesrepublik abgeschoben. Die Deutschen waren in einem Mittelklasse-BMW auf der Autobahn A2 in der Höhe von Utrecht mit 205 km/h geblitzt worden. Nach ihrer Festnahme bezeichneten sie Polizeiangaben zufolge alle Niederländer pauschal als »lahmarschige Käseköppe«, die »froh sein« könnten, »daß der Adolf nicht aus ganz Holland einen Parkplatz gemacht hat«. Der BMW wurde noch an Ort und Stelle vor den Augen seiner Besitzer standrechtlich erschossen. Danach durften die jungen Leute zu Fuß den Rückweg in die Heimat antreten. Und zwar auf dem Mittelstreifen, begleitet von einer langsam fahrenden Abschiebeeskorte der Sittenpolizei, die den bald Kraftlosen hin und wieder etwas ganz alten Gouda zuwarf.

Italien: Eine durchschnittliche deutsche Familie (Vater, Mutter, zwei Kinder, ein Scotch-Terrier) wurde von der Benimm-Polizei des italienischen Badeortes Diano Marina ohne Gerichtsverfahren abgeschoben, weil sie in abstoßender Weise gegen die guten Sitten des Gastlandes verstoßen hatte. Die Familienmitglieder hatten sich, lediglich mit Badehosen, Badeschlappen und Bikinis bekleidet, zum Mittagessen in ein Restaurant begeben. Und zwar offensichtlich direkt im Anschluß an einen Strandbesuch, denn alle Personen machten, dem Polizeibericht zufolge, »einen verschwitzten Eindruck. Die Badekleidung war noch feucht, die Körper eingeölt und teilweise mit Sand behaftet.« Die vom Oberkellner höflich und in Deutsch vorgetragene Bitte, sich doch wie die einheimischen Gäste vollständig zu bekleiden, wurde vom Familienvater mit gewaltbereitem Unterton abschlägig beschieden: »Was willst du denn, du Pinguin! Viermal Schpagetti Bollonäse! Aber zügig! Wir wolln gleich wieder in die Sonne!«

Die Abschiebung nach Deutschland wurde daraufhin umgehend durchgeführt. Die Familie durfte sich vorher nicht mehr umziehen. Dem vollständig bekleideten Scotch-Terrier wurde Bleiberecht angeboten.

Schöne Polizistin

Ach du Schöne, du bist einfach wunderbar
Verzeih' mir meine kleine Schwärmerei
In meinen Träumen sind wir zwei ein Liebespaar
Doch du bist bei der Pferdepolizei

Hoch zu Roß beschützt du unsere kleine Stadt
Und jedermann bewundert deinen Mut
Im Trab und im Galopp machst du die Gangster platt
Dein Wallach steht dir ausgesprochen gut

Zum Flirten hab' ich immer ein Stück Zucker mit
Die steck' ich deinem Braunen in das Maul
Doch du hältst niemals an auf deinem Streifenritt
Wie hol' ich dich bloß runter von dem Gaul?

Ich bin so richtig neidisch auf dein edles Tier
Es darf dich immer tragen hin und her
Ich wär' ja schon zufrieden, ja es reichte mir
Wenn ich der Sattel auf dem Wallach wär'.

Kirchenglocken in Indien

Der Mann, der mir den Anlaß lieferte, diese Zeilen zu schreiben, ist mit mir verwandt. Sehr nah. So nah sogar, daß er mich seinerzeit im Auftrage meiner Mutter, die ihn zum Ehemann nahm, als seinen Sohn beim Standesamt anmelden durfte.

Mein naher Verwandter verbringt einen nicht unwesentlichen Teil unserer gelegentlichen Zusammenkünfte damit, mich mit Neuigkeiten aus dem dörflichen Alltag jenes Vorörtchens zu versorgen, in dem ich 18 Jahre lang das tat, was man heranwachsen nennt. Da sich in diesem kleinen Ort nun aber nicht dauernd so viel Sensationelles tut, daß die harten Fakten allein für, sagen wir mal wöchentlich drei Stunden Netto-Erzählstoff reichten, geht mein Verwandter gerne auch mal mit dem Lockenstab an die Glatze und frisiert in immer neuen Ausschmückungen ein und dieselbe Nachricht solange, bis sie am Ende unserer Treffen als Basis für im Mittel fünf unabhängig voneinander funktionierende Geschichten gedient hat.

Skeptischen Einwänden, er habe mir diese oder jene Begebenheit doch schon des öfteren ganz anders, etwa mit anderen handelnden Personen und mehrmals wechselnden Zeit- und Ortsangaben, unter die Weste gejubelt, begegnet mein Verwandter entweder mit scheinheiliger Unschuld – »nein, da mußt du aber was ganz falsch verstanden haben« – oder aber, schlimmer, mit gewissenlos vorgetäuschten Anfällen von Altersgebrechlichkeit – »ach weißt du, der Alzheimer...«. Diese infame, von unübersehbar nach innen grienender Genußsucht begleitete Technik, das eigene Fleisch und Blut, wie mein Verwandter sagen würde, »zu vernatzen« und allzu massiv aufkeimenden Widerspruch mit unverhohlen plump eingeforderter Beachtung des elterlichen Ehrungs-Gebotes zu ersticken, diese Technik droht neuerdings in einem nicht für möglich gehaltenen Ausmaß zu eskalieren.

Es begab sich nämlich vor Dreijahresfrist, daß mein naher Verwandter für eine Weile seinen dörflichen Mikrokosmos verließ, um auf einer ausgedehnten Schiffskreuzfahrt neue Eindrücke und – wie sich jetzt im nachhinein immer deutlicher zeigt – neue Erzählvorräte einzusammeln.

Diese Schätze wurden in bester Eichhörnchenmanier lange Zeit nur als Notreserve eingesetzt. Selbst ausdauerndste Verhöre über Pyramidenbesichtigungen in Ägypten oder Ausflüge in die Wüste von Oman erzielten anfangs nur höchst unergiebige Antworten wie »ja, hab' ich auch gemacht« oder »war ganz schön da«. Als sei diese Reise von Piräus nach Sri Lanka für einen Weltbürger wie ihn nun wirklich nicht der ausführlichen Rede wert, fabulierte mein Verwandter lieber weiterhin und unermeßlich phantasievoll über die wirklich schicksalhaften Ereignisse in seinem Wohndorf. Etwa daß »der Emil beim Fellversaufen nach der

Beerdigung vom Günther, weißt du, der damals am Markt die Bäckerei hatte, nachts um zwei ziemlich angeschlagen ein Taxi« bestellen ließ und »sage und schreibe eine Dreiviertelstunde darauf warten mußte, eine Dreiviertelstunde, das mußt du dir mal vorstellen!« Und erst, wenn ich den eigensinnigen Erzähler höflich, aber hartnäckig und unerbittlich in die Enge getrieben hatte, erst, wenn ich ihm in aller Deutlichkeit vor Augen geführt hatte, daß laut Märchenstunde vor einer Woche exakt dieser betrunkene Emil noch selbst im Grab gelegen hatte und im Gegenteil Günther, der ehemalige Bäcker, welcher übrigens bis zur Dönekes-Saison 92/93 immer das ehrbare Handwerk des Metzgers ausgeübt hatte, zum Abschluß des Emilschen Fellversaufens taxireif war, dann aber von Marion, seiner Ehefrau, mit dem eigenen PKW abgeschleppt wurde (an dieser Stelle muß der variierenden Versionen wegen eine Klammer eröffnet werden, denn das Fahrzeug der Eheleute Günther und Marion hatte auf der besagten Rückfahrt a) einen Reifenschaden, b) eine Kollision mit dem Dienstwagen des ebenfalls von der Beerdigungsfeier abreisenden Dorfpolizisten Rudi und c) eine elektronische Wegfahrsperre, deren Zahlencode nur Günther bekannt war und den er in seinem hilflosen Zustand nicht mehr rekonstruieren konnte. Aufmerksamen Lesern fällt hier natürlich sofort auf, daß Frau Marion, stimmte die Version c), das Auto niemals bis zum Ort der Begräbnisnachfeier hätte bewegen können. Klammer zu!), erst also, wenn die ganze Haltlosigkeit dieser bis zur Unkenntlichkeit recycelten Geschichte nicht mehr zu leugnen war, erst dann brach mein naher Verwandter, notgedrungen und bis in die Eingeweide grinsend, die eisernen Vorräte der Schiffskreuzfahrt an.

Das alles liegt wie gesagt schon ein Weilchen zurück, und man kann sich nach dem bisher Geschilderten wohl denken, daß selbst das Weltreisenreservoir nun langsam so aufgebraucht ist, daß es zwangsläufig zu der bereits angedeuteten Eskalation kommen mußte. Eine Eskalation, deren einzelne Stufen ich Ihnen jetzt ersparen will, deren überwältigend phantastisches Ausmaß aber anschaulich wird, wenn ich ganz kurz den zur Zeit gültigen Stand anreiße. Ein Stand, der wie zu befürchten steht, nur den vorläufigen Höhepunkt darstellt.

Momentan ist es nämlich so, daß »die Kirchenglocken in Indien deswegen so unglaublich laut und von morgens bis abends läuten, weil dort zu Ehren des Zeus, der auf einem Esel reitend auf Kreta nach Öl gebohrt hat, ähnliche Feste gefeiert werden wie zu Füßen der Pyramiden von Gizeh, die derselbe seinerzeit ja mit dem Pferd bestieg.«

Seitdem ich diese Geschichte aus dem Munde meines vor schierer Wollust zu platzen drohenden nahen Verwandten vernahm, trage ich mich mit dem Gedanken, ihn zu einer neuerlichen Kreuzfahrt zu überreden. Ich bin überzeugt, daß die Mythenwelt Nordeuropas gute Ergebnisse liefern wird.

Talkshow »Plaudertasche«

Talkshowgastgeber Eckenga im Gespräch mit Gernot Guth, Boykotteur.

Eckenga: Lassen Sie uns drüber reden. Herzlich willkommen in der Plaudertasche. Die Welt, meine Damen und Herren, die Welt ist schlecht. Grot-ten-schlecht! Und? Was machen wir da jetzt? Mein heutiger Gast hat auf diese Frage zwei bis drei Antworten. Herzlich willkommen Gernot Guth.

Herr Guth, die Welt ist schlecht und Sie sehen eigentlich auch nicht besser aus. Wie kommt's?

Guth: Ich boykottiere das Schlechte!

Eckenga: Aha! Und Sie fordern alle anderen Menschen auf, sich Ihnen anzuschließen. Was muß man denn da so machen?

Guth: Ich boykottiere alle Länder, die Schlechtes tun.

Eckenga: Sagen Sie doch mal 'n Beispiel.

Guth: Mururoa. Keine Lebensmittel mehr aus Frankreich.

Eckenga: Ist ja schon 'n bißchen her, ne? Aber Sie boykottieren immer noch?

Guth: Ja sicher! Konsequent! Nichts aus Frankreich!

Eckenga: Kein Käse?

Guth: Richtig!

Eckenga: Noch nicht mal Wein?

Guth: Nein!

Eckenga: Gar keinen Wein aus Frankreich?

Guth: KEIN WEIN AUS FRANKREICH! Französischer Wein ist schlecht!

Eckenga: Schlecht? Na hören Sie mal. Ein 88er Margaux ist schlecht?

Guth: Ganz schlecht!

Eckenga: Wissen Sie was? Sie haben ja keine Ahnung!

Guth: Gebt ihm keine Galgenfrist – kauft nicht bei dem, der Frösche frißt!

Eckenga: Was ist mit Italien?

Guth: Italien?

Eckenga: Ja, das ist das Land links neben Frankreich, wenn man von oben kuckt.

Guth: Italien?! Diese Verbrecher! Schlimmste Tiertransporte! Jagd auf Singvögel! Treibnetzfischerei! Boykott!

Eckenga: Keine Pasta? Kein Parmaschinken, keine Salami?

Guth: Er setzt an jedes Tier das Messer – kauft nicht beim Spaghettifresser!

Eckenga: Holland?

Guth: Genmanipuliertes Gemüse! Gülleverseuchte Nordsee! Boykott!

Eckenga: Genever? Matjes? Gouda?

Guth: Er hängt an Deutschland wie am Tropf – kauft nicht beim blöden Käsekopf!

Eckenga: Türkei!

Guth: Der Türkmann schießt die Kurden tot – drum boykottiert sein Fladenbrot!

Eckenga: Kroatien, Serbien, Restjugoslawien!

Guth: Karadžić ist eine Ratte – bestellt Euch keine Balkanplatte!

Eckenga: Österreich!

Guth: Er hat für uns nur böse Worte – ich freß' nicht seine Sachertorte!

Eckenga: Afrika, Amerika, Australien, Asien?

Guth: Er giert doch nur nach Macht und Geld – bestellt Euch nichts beim Rest der Welt!

Eckenga: Israel!

Guth: Er baut im Jordanland die Buden – deswegen kauft man nicht beim Juden!

Eckenga: Das ist immerhin konsequent, meine Damen und Herren. Und damit verabschiede ich mich mit einem wertfreien Zicke Zacke Zicke Zacke ...

Guth: Hoi Hoi Hoi ...

Eckenga: ... bis zum nächsten Mal, wenn es wieder heißt: Plaudertasche, lassen Sie uns drüber reden.

Urologie und Nächstenliebe

Erwin lag seit einer Woche im Hospital. Die moderne Apparatemedizin hatte ihn von einem bösen Leiden befreit. Nierensteine, die einst zahlreich Erwins Harnsammelbecken reizten, die sich dort befindenden Schleimhäute ankratzten sowie nicht selten üble, krampfartige Schmerzanfälle auslösten, schwammen nun, von Ultraschallbeschuß in zahllose Kleinteile zertrümmert, durch die Erwinschen Exkretionsorgane und harrten ihres Abtransportes mittels Pipi.

Um aber eine exakte Übersicht über die ausgeschiedenen Nierensteinkleinteilchen zu erhalten, um deren Gewicht, Größe und Beschaffenheit zu prüfen, verordnete der verantwortliche Urologe eine Ausstoßkontrolle, was nichts anderes bedeutete, als daß der Patient für die Dauer einer weiteren Woche stationären Aufenthaltes den Urin zu filtern hatte. Mit anderen Worten: Erwin pinkelte fortan durch ein feinmaschiges, teesiebähnliches Gerät und händigte dieses samt dem darin verbliebenen, tonbraunen Harnkies bei Oberschwester Ute ab.

Allerdings ging diese Ausschlämmprozedur keineswegs schmerzfrei vonstatten, waren doch nicht sämtliche Nierensteine so winzig zerbröselt worden, daß sie ohne anzuecken durch Erwins Hänschen zu rauschen vermochten. Und so vernahmen Erwins Bettnachbarn stets dessen peinvolles Wimmern, wenn er zum diskreten Austreten hinter die spanische Wand trat. Je erfolgreicher das Resultat, desto angreifender die Schmerzenskundgebung. Je voller das Sieb, desto herzzerreißender der Jammer.

Darum beschloß die vom Mitleid ergriffene Zimmerbelegschaft im Anschluß an ein besonders qualvolles Abführmartyrium, dem zwar tapferen, aber unsagbar leidenden Erwin eine große Freude zu bereiten.

Und als er nach jenem betrüblichen Geschäft, von Mühsal gezeichnet, tränenüberströmt und das Sieb in zitternden Händen haltend, hinter der Trennwand hervortrat, nahmen ihn zwei der Mitfühlenden in ihre Mitte, führten ihn, tröstende Arme um seine Schultern gelegt, ein paar Schritte durch das Zimmer und sprachen einige beruhigende warme Worte. Der dritte Wohltäter aber händelte derweil heimlich und von Erwin unbemerkt eine nierensteinfarbene Kugel von der Größe eines ausgewachsenen Pflaumenkerns in das Pinkelsieb.

Erwins Stärke und Leidensfähigkeit lautstark bewundernd, zeigten die gutmeinenden Verschwörer auf den phänomenalen Brocken, vollmundig überzeugt, daß »das Gröbste jetzt überstanden« sei, sowie »Schlimmeres ja wohl nicht mehr nachkommen« könne.

Jetzt erst der riesigen Ausscheidung ansichtig geworden, schossen Erwin abermals die Tränen ins Gesicht. Dieses Mal aber nicht die vom Schmerz erzwungenen, sondern jene vom Stolz auf das Erreichte gelösten Tränen des wahrhaftigen Glücks.

Und selbst die Augen der wissenden Wohltäter füllten sich mit Wasser, als sie den seligen Erwin hüpfend und singend ins Schwesternzimmer eilen sahen, wo er seinen gewaltigen Schatz ablieferte.

Auch der erfahrenen Oberschwester Ute war in ihren mittlerweile fünfzehn urologischen Dienstjahren ein derartiger Klumpen noch niemals auf den Tisch des Hauses gelegt worden. Sie fiel in eine tiefe, der glücklichen Schlußwendung dieser kleinen Geschichte jedoch angemessene, folgenlose Ohnmacht.

Daß es sich bei dem vermeintlichen Nierensteinknickel lediglich um eine Hydrokulturkugel aus dem Topf einer der häßlichen Krankenhausflurpflanzen handelte, erfuhr Schwester Ute erst zwei Tage später.

Da pinkelte Erwin bereits wieder schmerzfrei und ungefiltert ins heimische Becken.

Erinnert ihr euch?

Erinnert ihr euch, Vor- und Hintergärten pflegende Nachbarinnen und Nachbarn?
Grad' war letzter Frost gewichen aus bibberndem Beet und erstes Leben kroch Scheu noch aus kalter Krume,
Da warfet ihr an die knatternden Mähmaschinen zum Rückschnitt des Rasens
Gleichwie zum Gruße des nahenden Lenzes.
Noch ward es nicht Juno – doch oh! – Schon kündete das emsige Meckern Eurer Heckenstutzer
Von dräuender Schwüle des Sommers.
Und als der derbe Herbst mit erstem Blätterfall das Land bezog,
Hieß ihn willkommen euer herrlich Schredderpark
Mit vielfach Fehlzündung gleich sattem Salut.
Wiewohl ein bislang unerhörter Ton sich in die Schüsse mischte.
Ein seltsam Bohren war's oder ein Düsen?
Schon schauten wir gen Himmel, den ängstlich Blick gewandt nach oben,
Wo wir den Airbus wähnten,
Der diesmal sich in unsere Gegend stürzte.
Doch nicht der große kranke Vogel war's, der unsere Sinne wirrte.

Ein neues, wundersames Teil in eurem Garten brummte. Bebte? Blies?
Geschrie'n gefragt, was das denn sei,
Gabt ihr zurück: »Ein Laub...!«
Der Rest erstarb im Lärm.
»Ein WAS?«
Nochmal gebrüllt erzwang die Antwort,
Diesmal ganz: »Ein Laubsauger, der es erlaubt,
Des Baumes Blattwurf gleich zu ziehen in den Sack
Und überflüssig macht das Fegen und das Rechen!«
»Wie praktisch!«, schlossen wir die Rede
Und gleich darauf die thermophenverglaste Luke,
Daß Ruhe kehre ein in unsere Hütte.
Und harren nun der Dinge, die noch dräuen uns im Winter.
Welch wundersames Teil wird uns sein Nahen künden?
Wird es der Ratterautomat, der höllisch erntet, was Frau Holle sät?
Oder ist es der Großraumflammenwerfer für das Heim,
Der heiß und heiser grollend alles taut,
Was Vater Frost uns leise schickt als Eis?
Doch wehe euch, ihr lärmend Nachbarn!
Wenn ihr uns schickt das Feuer in den Winter,
Macht euch gefaßt und seid gewarnt!
Die böse Flamme brennt meist länger als ihr denkt.
Zuletzt in unseren racheheißen Herzen.
Sie wird es sein, die euch am End' versengt!

Juhnke ein Nazi!
Wenn das der Führer wüßte...

Harald Juhnke ist absolut ungeeignet, dem Ausland ein realistisches Bild vom deutschen Wesen zu vermitteln. Juhnke ist Entertainer, also Unterhaltungskünstler, Sänger, Darsteller, Komiker und sogar ein bißchen Tänzer. Sind das die Talente, die dem ideellen Gesamtdeutschen sozusagen repräsentativ nachgesagt werden dürfen? Soll das Ausland etwa denken, der Deutsche an sich singe, spiele, tanze und witzele sich durchs Leben? So schön es auch wäre, in einem Land zu leben, dessen Einwohnern als allererstes solche grundsympathischen Eigenschaften zugesprochen werden, die den Eindruck erweckten, die Deutschen seien leichtlebige Wesen mit ausgeprägtem Hang zum Dolce Vita, zum Savoir Vivre, Lebenskünstler quasi, denen ein sonniges, leichtes und beschwingtes Gemüt über die Abgründe des Daseins zu schwingen hilft, so wohltuend also diese Vorstellung auch sein mag, sie ist ganz falsch. Richtig ist vielmehr nach wie vor, daß der Deutsche das Leben nicht fröhlich singend bewältigt, sondern bestenfalls miesepetrig nölend, meistens aber aggressiv bellend. Richtig ist ferner, daß der Deutsche nicht in Lackslippern und tänzelnden Fußes den Tag durchmißt, sondern im Gegenteil stampfend und schlakkernd mit gesenktem Blick auf klobiges Schnürschuhwerk oder politisch korrekte Gesundheitslatschen. Beziehungsweise sitzend und rücksichtslos durchrast, am liebsten in fahrbaren Waffen namens SL und GTI, immer häufiger aber auch wieder in Kettenfahrzeugen, getarnt als humanitäres Rollkommando zur Begradigung unzivilisierter, ausländischer Gelände und ihrer Bewohner.

Nein, Harald Juhnke taugt nicht als Botschafter des Deutschen Wesens. Seine künstlerischen Vorbilder heißen nicht Heino, Gotthilf Fischer und Ernst Mosch, sondern Frank Sinatra, Dean Martin und Sammy Davis jr. Zwei ölige, nichtgermanische Spaghetti-Amis also und ein verwachsener Neger, allesamt mit weiber- und mafiagesättigten Biografien, und alle drei mit unverhohlenem Hang zum öffentlichen Alkoholmißbrauch. Wenn Juhnke auch niemals die künstlerische Klasse dieser Entertainer erreicht hat, in der sehr menschlichen und nachvollziehbaren Disziplin »dieses beschissene Leben läßt sich am besten im Vollrausch ertragen« hält er schon lange jedem Vergleich stand. Wie übrigens auch Millionen andere Deutsche, die jedoch im Gegensatz zu Juhnke ihre Krankheit so gut es geht heimlich durchleiden und deswegen seine regelmäßigen, exzessiven öffentlichen Abstürze immer mit verständlich großer Neugierde, unverhohlenem Neid und fassungsloser Bewunderung verfolgt haben: »Kuck' dir den Juhnke an. Ein richtiger Prominenter. Und ist im Grunde genauso wie wir.«

Nein, nein, nein! Juhnke ist nicht genauso wie ihr. Er eignet sich nicht als euer Gesamtalibi. Er singt, spielt und tanzt, wenn auch nicht gerade berauschend, so doch um Klassen besser als der spießige, deutsche Normalalkoholiker. Wie andersrum der sich auch nicht nah ans Delirium heransaufen muß, um rassistische Sprüche zu klopfen. Nein, der Deutsche braucht keinen Alkohol, um andere Menschen zu verachten und zu beleidigen, nur weil sie anders sind als er. Sowas schafft er durchaus stocknüchtern und quasi aus dem Stand. Und zwar in allen Preisklassen. Als kleiner, mieser Drecksack, der in der U-Bahn Ölaugen anpöbelt, als rasierter Baseballschläger, der draufhaut, bis Hirn spritzt, als braver Bürger in der Initiative für muezzinberuhigte Wohngebiete, als kleines Beamtenrädchen im Asylantenabschiebegetriebe, als gesetzgebender staatlicher Gewalttäter. Aber auch als andersfühlender Lichterkettenständer, der das abgetropfte Kerzenwachs von seinen ausländischen MitbürgermüllmännerInnen vom Friedensplatz kratzen läßt.

So gesehen ist dem Ansehen Deutschlands nun wirklich Schaden zugefügt worden. Wollten die Deutschen nämlich, daß das Ausland einen unverstellten Blick auf die generelle Gemütslage ihrer Nation erhielte, müßten sie sich strikt dagegen wehren, daß die angeblichen rassistischen Sprüche eines besinnungslosen, kranken Künstlers als prototypische Entgleisung generalisiert werden. Vielmehr hätten diese Deutschen jedes Recht zu verlangen, daß das Ausland einen sauberen Überblick über den ganzen Facettenreichtum ihres phantasievollen und vielfältigen Rassismus erhielte.

Aber die Deutschen wollen eben nicht, daß Fremde sie sehen, wie sie wirklich sind. Dieses Privileg gestatten sie nur den Angehörigen anderer Nationen, deren Anwesenheit sie in ihrem eigenen Land zwar erdulden müssen, aber kaum ertragen können.

Daß das größte Geschrei, Juhnke habe »unserem Land« im Ausland geschadet, ausgerechnet von der *Bild*-Zeitung gemacht wurde, ist nur konsequent. Gerade jenes Blatt, in dem mehr oder weniger heimlich trinkende Redakteure sieben Mal in der Woche in und zwischen den Zeilen dem Volk aus der Seele sudeln, wird jetzt zum Wortführer der moralisch geläuterten Nation. Weil sich aber kein Deutscher, der für anständig gehalten werden will, von der Springer-Presse im Anständigsein besiegen lassen darf, nutzten gleich die meisten anderen das Juhnke-Angebot, um sich beim Moral-Winterschlußverkauf im Billigsein zu unterbieten.

Dabei wurde, wie neuerdings Masche, mal wieder kein falscher Vergleich gescheut. Weil heutzutage fast jeder, der eine abweichende Meinung einigermaßen verständlich und vehement vertritt, eines Tonfalls »im *Stürmer*-Stil« oder »Goebbelscher Propagandamethoden« geziehen wird, weil kaum noch ein Tag vergeht, an dem die Frauen nicht »die Juden von heute«, die Batterie-Hühner nicht in »KZs eingepfercht« sind und überhaupt Tieretöten Faschismus ist, hatte man es jetzt natürlich erst recht keine Nummer kleiner. Und so wurde mehr oder weniger deutlich aus dem armen Harald Juhnke in Windhundschnelle mal eben ein Nazi gebastelt.

Harald Juhnke ein Nazi. Tss, tss ... wenn das der Führer wüßte. Wo der doch erklärter Antialkoholiker gewesen ist.

Boris Jelzin
Der Baumarktprofi

Guten Tag. Mein Name ist Peter-Hans Kaltenbecher. Als Leiter einer führenden Filiale einer namhaften Baumarktkette im westlichen Westfalen, also östliches Ruhrgebiet, was aufs selbe rauskommt, möchte ich sozusagen einmal aus professioneller Perspektive eine Stellung beziehen zum Problem der Herzoperation des russischen Präsidenten Boris Jelzin.

Was soll ich dazu sagen?! Ich muß es ja wissen, ist doch ein chirurgischer Eingriff am offenen Herzen eine Operation, die mit so'n bißchen Phantasie auch durchaus einen Vergleich standhält mit etwas aufwendigeren Reparaturmaßnahmen im Haus oder in der Wohnung.

Bevor ich Ihnen dazu aber eine genauere Erläuterung zufüge, vorneweg jetzt erstmal der Hinweis, daß es sich bei diesem Vergleich nur um ein Gleichnis handelt. Also bitte: Sollten Sie eine Herzschwäche ihr eigen nennen, verwechseln Sie diesen Apfel um Gotteswillen nicht mit einer Birne. Auf gar keinen Fall sollten Sie – und wenn Sie noch so ein geübter Heimwerker sind – kompliziertere Eingriffe an diesem lebensnotwendigen Organ selber machen. Also: Bei den geringsten Symptomen am

Herzen, Finger weg vom Werkzeugkasten. Dafür ist und bleibt der Arzt erforderlich!

Jetzt aber zum eigentlichen Problem. Der russische Präsident Jelzin hatte ja aufgrund einer unsoliden Überlastung seines Herzens durch wahrscheinlich unsachgemäßen Mißbrauch alkoholischer Getränke sich mehrere Verstopfungen von Zu- und Ableitungen des Zentralorgans zugezogen. Zum Beispiel durch Kalkablagerungen, die sogenannte Anterienskelose. Und das ist ja jetzt rein technisch gesehen nichts anderes wie wenn wir zum Beispiel in unserm Spülbecken dauernd belastende Essensreste durch den Abfluß kippen, für die das normale Fallrohr nicht den notwendigen Durchmesser hat. Ja, da pappt dann schon mal was zusammen und setzt sich an der Rohrwand ab und der Durchfluß wird immer schwerwiegender und auf die Dauer kommt es zu einer nicht wieder gutzumachenden Verstopfung und schlußendlich zum Herzinfarkt und die ganze Brühe fließt Ihnen in die Bude.

Aber bevor es soweit kommt, kann man eben Vorsorge betreiben. Erstens: Nicht wie Boris Jelzin gegen den Rat der Fachleute einfach weiter den Abfall in ein belastetes System schütten. Zweitens: Bei den geringsten Anzeichen von Verstopfung, also starkes Blubbern oder Geruchsentwicklung: Direkt ein geeignetes Medikament in den Abfluß kippen, zum Beispiel Rohrfrei! Sollte aber auch dadurch keine Linderung eintreten, entweder den Syphon mit Unterdruck freisprengen, oder aber, wenn der Abfall-Pfropfen unzugänglich ist, genau so vorgehen, wie das internationale Ärzteteam beim russischen Präsidenten: Also einen Bypass installieren, mit anderen Worten, die alten Rohre totlegen und eine Umleitung um die Verstopfung drumrum machen. Dann kann sowohl der Abfluß vom Spülbecken als auch die Pumpe von Boris Jelzin wieder ungehindert die Staatsgeschäfte ausüben. Immer für Sie da. Ihr Baumarktprofi

Peter-Hans Kaltenbecher

Allein gegen die Mafia

Oben lag der Apennin
Unten legte ich mich hin
Mittelmeer lag vor mir rum
Gelegentlich Basilikum-
Aroma mit der Brise flog
Und mich ins Mittagsschläfchen zog

Auf täuschend friedlich fiese Weise
Denn kurz darauf war Schluß mit leise
Am lurigen Ligurienstrand
Nur hundert Meter rechter Hand
Ließ die Mafia Sand abtragen
Für kriminelle Bauvorhaben
Wo Mitarbeiter Estrich streichen
Über frisch erlegte Leichen
Um in starken Fundamenten
Cosa-Nostra-Konkurrenten
In der Regel ohne Segen
Vertuschungshalber abzulegen

Oben lag der Apennin
Unten stellte ich mich hin
Jäh geweckt durch Dieselgrollen
Halsschlagader schwer geschwollen
Schrie wie tausend Furien:

»Augen auf Ligurien!
Stoppt die Mafia! Stellt die Killer!
Beginnt mit diesem Caterpillar-
Fahrer dort am Strand!
Er baggert für die schwarze Hand!«

Der Rest war schließlich recht banal
Die Menge nahm es als Fanal
Zog den armen Sack vom Bock
Betäubte ihn mit Schirm und Stock
Schleppte ihn behend zur Buhne
Dort fand sich jemand mit Harpune

Oben lag der Apennin
Unten legte ich mich hin
Mittelmeer lag vor mir rum
Gelegentlich Basilikum-
Aroma mit der Brise flog
Und mich ins Mittagsschläfchen zog

Abgeräumt und nicht wieder hingestellt!

Der Dezemberregen wollte und wollte nicht enden. Schon seit Tagen schüttete er auf die Stadt hinunter und ließ alles quellen. Die Grünanlagen waren längst zu Braunanlagen geworden. Falsch gelandetes Vögelgetier und allzu kleinwüchsige Hunde konnten der tödlichen Falle nicht entrinnen. Ihr klägliches letztes Zirpen und matschendes Jengeln wurde verschluckt vom tosenden Prasseln eierhandgranatengroßer Regentropfen. In den ehemaligen Rasenflächen und Beeten, die städtische »Arbeit-statt-Sozialhilfe«-Gärtner noch im Vormonat mit winterharten Stiefmütterchen bepflanzt hatten, sprotzte und potschte es wie in den suppigen Moorlandschaften jener Kriminalfilme, in denen Klaus Kinski immer tot im Speiseaufzug liegt.

Da es auf das höchste aller Christenfeste ging, hatten illegale pakistanische Hilfskräfte auf Geheiß ihrer deutschen Besitzer in regelmäßigen Abständen Tannenbäume in die Plattenfugen der Fußgängerzonen gerammt und elektrisches Glühlicht an die Äste geklemmt. Doch der Regensturm schrägte die ohnehin schale Illusion eines Christbaumwaldes bis zur Unkenntlichkeit. Hier und da furzten noch schwächelnde Kurzschlußfunken durch das faulrindige Nadelgehölz wie allerletzte Geleitsalute eines absurden Waldsterbens. Beigebraune Formaldehydbrühe suppte seifig aus den tausenden aufgequollenen Spanlatten der zusammengetackerten Verkaufsstände für Jahresendzeitbedarf. Längst waren deren Naturnahheit halluzinieren sollende Kieferfurniere abgeflutscht wie nässendes Narbengewebe von eiternden Schürfwunden. Achtlos ausgespienen, schimmligen Toastbrotscheibenbröckchen gleich tanzten sie nun auf den Wellenkämmen der reißenden Schmutzwasser, vor denen das kommunale Kanalnetz schon lange kapituliert hatte. Und doch tobte inmitten dieser schattenreichhaften Kulisse menschenähnliches Leben. Unzählige, in signalfarbenes Synthetikgewebe gewickelte Scharen schoben sich wie besessen durch die gefluteten Stadtviertel. Trotzig reckten sie ihre von der Sintflut zerschmetterten Regenschirmgerippe gegen den prallschwarzen Himmel, der sich weiter und unablässig über ihnen erbrach. Störrisch streckten sie dem wachsgesichtigen, blaulippigen Bretterbudenpersonal klamme Geldscheine entgegen, daß es seine mundgeblasenen Weihnachtsfiguren, fußgetretenen Öko-Kerzen, müffelnden Maronen oder den in brackiger Lauge gesiedeten Backfisch herausgebe.

Und unverzagt weiter und weiter watschte die sich noch im Geschiebe ölige Fischpanade von den nach unten gezogenen Mundwinkeln wischende Menge, lud hier und da etwas mitgeschleiften Nachwuchs auf durchweichten Karusselponyrükken ab, beschimpfte sich dann und wann hysterisch mit unflätigsten Ausdrücken, steckte Plastikkarten in Hauswände, die prompt frische Geldscheine ausspuckten, und verschwand, wie von Gezeitensog gezogen, stoßweise in riesigen Einzelhandelspalästen.

Diese an den Rändern der »Weihnachtsmarkt« genannten Spanplatten-Slums errichteten Kaufkästen lockten mit flugzeuggaragengroßen Eingangsschleusen, in denen rauschende Warmluftgebläse den durchweichten Gesamtleib des manisch vorbeischwappenden Pulkes oberflächlich abtrocknete. In den 24 Grad warmen Bäuchen der großen Häuser aber walkte der geföhnte, nun muffig dampfende Mob unablässig weiter, schlupfte mit Gossenspritzwasser gefüllten Gummistiefeln über schwammige Nadelfilzböden und erstand überall, wo sich eine Möglichkeit ergab, Pakete, von denen nur die Ausnahmen weniger als einen Kubikmeter Inhalt faßten. Derartig über und über beladen wogte der Strom der Mühseligen wieder in Richtung Schleuse, ließ sich von einem letzten Warmluftstrahl ins Freie drücken, um dort gleich von einer extra für sie vom Himmel geschickten Schlagwetterwand begrüßt zu werden, die absolut effektiv direkt durch Haut, Knochen und frisch erstandene Fracht plörrte. Die letzten Reserven mobilisierend wackelte der zitternde Schwamm in die schwarzen Einstiegslöcher der unterstädtischen Abstellplätze für Individualverkehrsmittel, löste sich in drei- bis vierköpfige Gruppen auf, die in je eine blechgefaßte, vierrädrige Transporteinheit schlüpften.

Nach stundenlanger Fahrt erreichten die meisten

ihre wenige tausend Meter vor der Stadt gelegenen Wohnzellen. Menschgewordene Magenfalten stülpten sich krampfhaft aus Autos in Häuser, schoben und warfen rücksichtslos matschige Pakete und lahmende Angehörige Treppen hinauf, rissen Türen auf und schlugen, endlich zu Hause, ein hartes halbes Leben lang zusammengesparte Wohnungseinrichtungen zu Sperrmüll. In psychisch nicht ganz so stabil strukturierten Verhältnissen waren auch Opfer unter Familienmitgliedern zu beklagen. In der Stadt regnete es dann noch weiter bis zum Ende des Monats. Danach aber wurde sie von besonnenen überirdischen Mächten abgeräumt und nicht wieder hingestellt.

Guter Tag

Später Morgen und noch dämmrig
Kopf in Daunen, mollig – weich
Niemand holt mich aus der Mulde
Nein, ich komm' nicht! Auch nicht gleich!

Später Mittag, lascher Blitz
Das Gewissen will ans Licht:
»Du mußt! Du sollst! Du hast zu tun!«
Ich hab' zu ruh'n, mehr hab' ich nicht!

Früher Abend und schon dämmrig
Langsam um die Achse dreh'n
Augenblick bringt die Gewißheit:
Ich mag mich nur von innen seh'n.

Später Abend, ganz zufrieden
Nicht geleistet, nicht gehandelt
Gleich ein Traum, der alles rundet
Guter Tag, der so versandelt.

Aus der Reihe Critica Diabolis

21. Hannah Arendt, Nach Auschwitz, 26.-DM
23. Hannah Arendt, Krise des Zionismus, 28.-DM
27. Bittermann (Hg.), Gemeinsam sind wir unausstehlich, 20.-
33. Wolfgang Pohrt, Das Jahr danach, 36.-DM
34. Robert Kurz, Potemkins Rückkehr, 30.-DM
35. Gerhard Henschel, Menschlich viel Fieses, 20.-DM
36. Eike Geisel, Die Banalität der Guten, 26.-DM
37. Bittermann (Hg.), Der rasende Mob, 24.-DM
40. Gerhard Henschel, Das Blöken der Lämmer, 26.-DM
41. Peter Schneider, Wahnsinn und Methode, 26.-DM
44. Klaus Bittermann/Gerhard Henschel (Hg.),
    Das Wörterbuch des Gutmenschen Bd.1, 28.-DM
45. Bittermann (Hg.), Serbien muß sterbien, 28.-DM
46. Bittermann (Hg.), Identität und Wahn, 26.-DM
47. Georg Seeßlen, Tanz den Adolf Hitler, 28.-DM
48. Gerhard Henschel, Falsche Freunde fürs Leben, 26.-DM
49. Peter Schneider, Wahrheit und Verdrängung, 32.-DM
50. Harry Mulisch, Die Zukunft von gestern, 38.-DM
51. F.W. Bernstein, Die Stunde der Männertränen, 28.-DM
52. Rebecca West, Gewächshaus mit Alpenveilchen, 32.-DM
53. Klaus Bittermann/Wiglaf Droste (Hg.)
    Das Wörterbuch des Gutmenschen Bd.2, 28.-DM
54. Wiglaf Droste, Brot und Gürtelrosen, 20.-DM
55. Wolfgang Pohrt, Theorie des Gebrauchswerts, 34.-DM
56. Mathias Wedel, Erich währt am längsten, 26.-DM
57. Georg Seeßlen, Natural Born Nazis, 28.-DM
58. Folckers/Solms (Hg.), Risiken und Nebenwirkungen, 32.-
59. Bittermann/Roth (Hg.), Wieder keine Anspielstation, 28.-
60. Guy Debord, Panegyrikus, 32.-DM
61. Albert Hefele, Grauenhafte Sportarten, 24.-DM
62. Susanne Fischer/Fanny Müller, Stadt Land Mord, 29.80
63. Jane Kramer, Unter Deutschen, 44.-DM
64. Bittermann/Roth (Hg.), Das große Rhabarbern, 28.-DM
65. Guy Debord, Die Gesellschaft des Spektakels, 40.-DM
66. Fritz Eckenga, Kucken, ob's tropft, 24.-DM
67. Bittermann/Roth (Hg.), Sorge dich nicht, lese! 28.-DM
68. Wolfgang Pohrt, Brothers in Crime, 32.-DM